Bianca

Un amor en el recuerdo
Annie West

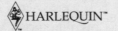
HARLEQUIN

Editado por HARLEQUIN IBÉRICA, S.A.
Núñez de Balboa, 56
28001 Madrid

© 2009 Annie West. Todos los derechos reservados.
UN AMOR EN EL RECUERDO, N.º 2024 - 15.9.10
Título original: Forgotten Mistress, Secret Love-Child
Publicada originalmente por Mills & Boon®, Ltd., Londres.

I.S.B.N.: 978-84-671-8622-2
Depósito legal: B-30065-2010
Editor responsable: Luis Pugni
Preimpresión y fotomecánica: M.T. Color & Diseño, S.L.
C/ Colquide, 6 portal 2 - 3º H. 28230 Las Rozas (Madrid)
Impresión y encuadernación: LITOGRAFÍA ROSÉS, S.A.
C/ Energía, 11. 08850 Gavá (Barcelona)
Fecha impresion para Argentina: 14.3.11
Distribuidor exclusivo para España: LOGISTA
Distribuidor para México: CODIPLYRSA
Distribuidores para Argentina: interior, BERTRAN, S.A.C. Vélez
Sársfield, 1950. Cap. Fed./ Buenos Aires y Gran Buenos Aires,
VACCARO SÁNCHEZ y Cía, S.A.
Distribuidor para Chile: DISTRIBUIDORA ALFA, S.A.

Capítulo 1

ALESSANDRO apenas miró el material de propaganda que tiró a la papelera. Su nueva secretaria aún no había aprendido lo que él tenía que ver y lo que no. La sección textil de la compañía estaría representada en la feria que estaba a punto de celebrarse, pero uno de los directores se encargaría de ello. No era necesario que el presidente...

Oddio mio!

Su mirada se detuvo en la foto de un folleto que estaba medio tapado por otros papeles. Alessandro entrecerró los ojos al fijarse en la sonrisa de la mujer; un pequeño lunar atraía la atención hacia una boca que despertaría el interés de cualquier hombre: grande, exuberante, incitante. Se quedó paralizado al tiempo que se le aceleraba el pulso.

Esa sonrisa... Esa boca...

Pero no fue el aspecto sexual lo que atrajo su atención. Un retazo de recuerdo seductor flotó entre sus pensamientos conscientes. Un sabor dulce como una cereza madura, gustoso y adictivo.

Sintió calor a pesar del aire acondicionado que había en su espacioso despacho. Algo similar a una emoción lo dejó sin aliento. Se dijo que no tenía que analizar lo que sentía, sino relajarse y dejar que afloraran las sensaciones. Como una cortina de encaje movida por la brisa, el velo que cubría los recuerdos de aquellos meses de hacía dos años se abrió, se separó y volvió a cerrarse. Alessandro apretó los puños, pero no sintió dolor, sino la conocida e irritante sensación de vacío que le hacía sentir impotente y vulnerable. No importaba que le hubieran asegurado que en aquellos meses perdidos no había sucedido nada extraordinario. Otros recordaban lo que había dicho y hecho. Pero él, Alessandro Mattani, no se acordaba.

Agarró el folleto sin pensarlo. Era el anuncio de un hotel de lujo de Melbourne. Esperó, pero no saltó ninguna chispa de reconocimiento. Él no había estado en Melbourne. Al menos no se acordaba.

Lo invadió la impaciencia y trató de controlarla respirando profundamente. Una reacción emocional no lo ayudaría, a pesar de que había veces en que la sensación de pérdida, de haber perdido algo vital estaba a punto de hacerle enloquecer.

Volvió a mirar el folleto. La recepcionista sonreía a una pareja mientras se registraba en el hotel, y su sonrisa era fascinante. El entorno era opulento, pero él había crecido rodeado de lujo, por lo que apenas se dio cuenta. Por el contrario, la mujer lo intrigaba. Cuanto más la miraba, mayor era el presentimiento de que la conocía, lo cual hacía que la sangre le circulara más deprisa y que sintiera un cosquilleo en la nuca. ¿Le había sonreído ella así? Empezó a estar seguro de que sí.

Examinó sus rasgos con atención. Llevaba el pelo negro recogido y su cara era agradable pero corriente. Tenía la nariz respingona y algo corta. Los ojos eran de un castaño sorprendentemente claro; la boca, grande. No era guapa ni lo suficientemente exótica como para que se volvieran a mirarla. Pero tenía algo, un carisma que el fotógrafo había percibido y del que había sabido sacar partido.

Alessandro le pasó el dedo por un pómulo y la suave curva de la mandíbula y se detuvo en la exuberante promesa de sus labios. Ahí estaba de nuevo el presentimiento, la intuición de que no era una desconocida. Todos los músculos de su cuerpo se tensaron dispuestos a actuar. En su memoria defectuosa algo se agitó, y recordó una sensación suave como el roce de aquellos labios en los suyos. Volvió a sentir el sabor a cereza madura, irresistible. La caricia de unos delicados dedos en la mandíbula y en el pecho, con el corazón latiéndole deprisa. El sonido de suspiros femeninos, la sensación de éxtasis.

Inspiró como si estuviera haciendo un ejercicio físico muy intenso. La nuca y el entrecejo comenzaron a sudarle mientras su cuerpo se excitaba. ¡Era imposible! Pero el instinto le revelaba una verdad que no podía pasar por alto: conocía a aquella mujer, la había abrazado, le había hecho el amor.

Lo invadió un sentimiento de posesión masculina. La experiencia primitiva de dominio, del macho olfateando a la hembra era inconfundible. Miró fijamente la imagen de la desconocida que se hallaba al otro lado del mundo. Si él no había ido a Melbourne, ¿habría viajado ella hasta allí, hasta Lombardía? Se sintió frustrado por no poder recordar lo sucedido en aquellos meses. Examinó la foto durante varios minutos. Aunque le parecía imposible, cada vez se sentía más seguro de que en aquella mujer residía la clave de sus recuerdos inaccesibles. ¿Podría ella devolvérselos? Así le restituiría lo que había perdido y eliminaría la sensación de que era menos de lo que había sido, la insatisfacción que le producía su vida. Extendió la mano hacia el teléfono. Pretendía hallar respuestas al precio que fuera.

–Gracias, Sara, me has salvado la vida –Carys se sintió aliviada. Aquel día todo le había salido mal. Al menos aquello, lo más importante, estaba solucionado.

–No te preocupes –le respondió su vecina y canguro–. Leo estará bien con nosotros.

Carys sabía que Sara tenía razón, pero eso no le impidió sentir una punzada de remordimiento en el pecho. Había aceptado aquel empleo en el hotel Landford porque esperaba, la mayoría de los días, estar de vuelta en casa a una hora razonable para ocuparse de su hijo. No quería que Leo creciera con una madre ausente por estar demasiado ocupada en su trabajo y sin tiempo para dedicárselo, y que tuviera una vida familiar como la que Carys había conocido de niña. Sobre todo porque Leo sólo la tenía a ella.

La punzada en el pecho se hizo más intensa y le impidió respirar. Incluso después de todo el tiempo que había pasado no podía evitar sentir remordimientos y añoranza al recordar. Tenía que ser más dura. En otra época había perseguido un sueño, pero ya era lo bastante inteligente como para no seguir creyendo en él, sobre todo después de haber aprendido cruelmente lo inútil que era.

–¿Qué pasa, Carys?

–Nada –se obligó a sonreír porque sabía que Sarah podía leerle el pensamiento incluso por teléfono–. Te debo una.

–Desde luego. Puedes cuidar de Ashleigh el fin de semana que viene.

–De acuerdo –miró el reloj. Tenía que volver antes de que se produjera la siguiente crisis–. No te olvides de darle a Leo un beso de mi parte cuando se vaya a dormir –era ridículo sentir un nudo en la garganta porque no iba a poder darle de cenar ni besarlo antes de acostarlo. Se dijo que su hijo estaba en buenas manos y que ella podía considerarse afortunada por haber encontrado un trabajo que le permitía dedicarle tiempo. Estaba agradecida a la dirección del hotel por dejarle conciliar en buena medida la vida laboral y la familiar.

Aquel día era una excepción. La gripe había hecho estragos en el personal del Landford en el peor momento. Más de un tercio de los trabajadores estaba de baja y no importaba que Carys llevara todo el día trabajando. Una hora antes, David, el director de actos sociales, había tenido que marcharse con una fiebre altísima, por lo que ella tenía que sustituirlo.

Estaba muy nerviosa, ya que era la oportunidad de demostrar lo que valía y de justificar la fe que David tenía en ella al haberla aceptado a pesar de que su currículum no era el adecuado. Le debía no sólo el puesto, sino también la seguridad en sí misma que lenta y esforzadamente había ido ganando desde su llegada a Melbourne.

—No sé a qué hora volveré, Sarah. Probablemente de madrugada —Carys se negó categóricamente a preocuparse por cómo iba a volver a casa. No podía usar el transporte público a esas horas, y el coste de un taxi era prohibitivo—. Nos veremos a la hora de desayunar, si te parece bien.

—Muy bien, Carys. No te preocupes.

Carys colgó y echó hacia atrás los hombros. Llevaba tanto tiempo trabajando en el ordenador y el teléfono sin parar que le dolía todo el cuerpo. Echó una ojeada al monitor que tenía frente a sí y las palabras escritas bailaron ante sus ojos. Trató de concentrarse aunque sabía que, por mucho que lo hiciera, trabajar en aquel documento sería una prueba de resistencia y determinación. Suspirando, agarró las gafas y se inclinó hacia delante. Tenía que acabar aquello para poder hacer las comprobaciones de última hora del baile de máscaras de aquella noche.

Carys estaba en una esquina del salón de baile, cerca de la puerta que conducía a la cocina, escuchando las novedades que le susurraba el jefe de los camareros. La cocina era un caos ya que la mitad del personal estaba con gripe. Sólo habían llegado dos empleados para sustituir a los que habían llamado para decir que estaban enfermos, y los chefs no daban abasto. Por suerte, los huéspedes no habían notado nada extraño. El hotel se enorgullecía de su exquisito servicio, y el personal estaba haciendo lo posible para estar a la altura de su reputación.

El salón de baile era refinado y elegante. Antiguos candelabros iluminaban las joyas centelleantes de la multitud que lo abarrotaba. Los huéspedes estaban tan elegantes como correspondía a uno de los acontecimientos más importantes de la Semana de la Moda. La habitación olía a fragancias exclusivas, flores de invernadero y dinero, mucho dinero. Personas famosas, diseñadores, hombres de negocios..., la flor y nata de la sociedad australiana estaba allí aquella noche acompañada asimismo de celebridades extranjeras. Y todos ellos estaban a cargo de Carys.

Se le aceleró el pulso y trató de concentrarse en las palabras de su compañero. Tenía que hacerlo para conseguir que la noche fuera un éxito. Se jugaba mucho.

–Muy bien, veré si hay alguien del restaurante que pueda ayudaros –asintió y se volvió hacia el teléfono que había en la pared. Extendió la mano para marcar el número del restaurante, pero se quedó paralizada. Sintió un cosquilleo al final de la columna vertebral que se transformó, al ir ascendiendo por la espalda, en una sensación ardiente que le quemaba la piel. A través de la ropa, la piel le hervía y se le erizaron los cabellos de la nuca.

Dejó el auricular con mano temblorosa y se dio la vuelta. El personal del hotel circulaba entre la colorida multitud con bandejas de canapés y champán. Los grupos de personas se deshacían y se volvían a juntar. Los huéspedes, la mayoría de los cuales llevaba bellas máscaras hechas a mano, se divertían, establecían relaciones laborales o se dedicaban a lucir sus galas. No se percatarían de que hubiera alguien que no perteneciera a su estrecho círculo, lo cual a Carys le venía muy bien. No ansiaba tener un lugar en un baile de cuento de hadas, sobre todo después de haber abandonado la fantasía del príncipe azul.

Sin embargo, sintió que las mejillas le ardían. Se quedó sin respiración y el pulso se le aceleró porque su instinto le decía que alguien la observaba. Con el corazón en la boca, buscó frenéticamente entre la multitud a algún conocido, a alguien que hiciera que el corazón se le desbocara como lo había hecho mucho tiempo atrás.

Cerró los ojos durante unos segundos. Aquello era una locura. Todo eso formaba parte del pasado, un pasado que era mejor olvidar. El cansancio y los nervios hacían que se imaginara cosas. Su camino y el de él no volverían a cruzarse, ya se había encargado él de eso. Cary hizo una mueca al sentir un dolor familiar en el pecho.

¡No! Se negó a que su caprichosa imaginación la distrajera. Había gente que dependía de ella. Tenía que hacer su trabajo.

Desde el otro lado de la atestada sala, él la observaba. Se agarró con fuerza al respaldo de una silla mientras el corazón se le aceleraba. El choque que le supuso reconocerla fue tan potente que tuvo que cerrar los ojos durante unos instantes. Al abrirlos, vio que ella se volvía hacia el teléfono.

Era ella; no la mujer del folleto, sino mucho más: la mujer que recordaba, mejor dicho, que casi recordaba. Se le apareció la imagen de ella alejándose con la espalda rígida y a paso muy rápido, como si no pudiera alejarse lo bastante deprisa, mientras él se quedaba clavado donde estaba. Ella llevaba una maleta y un taxista metía otra en el maletero de su vehículo. Por último, ella se detuvo y el corazón de él también lo hizo.

Pero no se dio la vuelta, y unos instantes después estaba dentro del coche que aceleraba y se alejaba por el camino privado de la casa de él en el lago Como. Él permaneció inmóvil, presa de sentimientos encontrados: furia, alivio, decepción, incredulidad... Y dolor, un dolor que iba llenando su vacío interior. Sólo una vez en su vida había experimentado sensaciones tan intensas: a los cinco años, cuando su madre lo abandonó por una vida regalada con su amante.

Alessandro se removió e hizo un gesto negativo con la cabeza para desterrar la borrosa imagen, al tiempo que volvía a ser consciente de que se hallaba en el salón de baile lleno de gente. Sin embargo, la intensa mezcla de emociones le seguía bullendo en el pecho. *Madonna mia!* No era de extrañar que se sintiera vulnerable con semejantes sentimientos. ¿Quién era esa mujer para hacerle reaccionar de tal manera?

Se mezclaron en él la ira y la impaciencia porque una mera casualidad lo hubiera llevado hasta allí, porque podía fácilmente haber evitado aquella oportunidad de saber más. Soltó la silla y sintió la huella profunda de la madera en la palma de la mano. La espera había terminado. Tendría las respuestas que buscaba aquella noche.

Carys se sacó un zapato a hurtadillas y movió los dedos de los pies. El baile estaba a punto de acabar. Entonces supervisaría cómo se recogía el salón y se preparaba para el desfile de moda del día siguiente. Suprimió un bostezo. Le dolían todos los huesos y lo único que quería era meterse en la cama. Bordeó la pista de baile para ir a comprobar...

Una mano grande, cálida e insistente tomó la suya e hizo que se detuviera. Rápidamente, Carys adoptó una expresión serena para atender al huésped que había sobrepasado los límites al tocarla. Esperaba que no estuviera borracho. Puso una sonrisa profesional y se dio la vuelta. La sonrisa se evaporó. Durante unos instantes, el corazón le dejó de latir mientras miraba al hombre que tenía frente a sí, quien, a diferencia de la mayoría de los presentes, todavía llevaba la máscara. Tenía el pelo castaño y lo llevaba muy corto, por lo que se veía la hermosa forma de la cabeza. La máscara le ocultaba los ojos, pero Carys captó un brillo oscuro. La boca era un corte duro sobre la barbilla fuerte y firme.

Cary le miró la barbilla con los ojos como platos. No podía ser... Él se movió y ella aspiró el leve aroma de una colonia desconocida. El alma se le cayó a los pies. ¡Por supuesto que no era él! Una cicatriz ascendía por la frente del desconocido desde el borde de la máscara. El hombre que ella había conocido era tan hermoso como un joven dios, sin cicatrices. Tenía la tez dorada por las horas al sol, no pálida como la de aquel extraño. Y sin embargo...

Sin embargo, en ese momento tuvo el estúpido deseo de que fuera él. Contra toda lógica y la necesidad de protegerse, lo deseó con todas sus fuerzas.

Era un hombre alto, mucho más que ella a pesar de que llevaba tacones. Sin duda tan alto como... ¡No! No iba a seguir por ese camino. No iba a seguir jugando a ese lamentable juego.

–¿Qué desea? –le preguntó con voz ronca, más bien como una invitación íntima que como una fría pregunta. Lo maldijo en silencio por haberle hecho perder el control simplemente al recordarle a un hombre y una época que era mejor olvidar–. Creo que me ha confundido con otra persona –dijo en tono cortante, aunque tuvo el cuidado de no mostrar su enfado. Si podía salir de aquello sin alborotos, lo haría.

Carys trató de que le soltara la mano, pero él se la apretó con más fuerza y la trajo hacia sí. Ella dio un traspié, sorprendida por cómo la agarraba. Lo miró a los ojos. Esperaba que hablara de la comida o la música o que le pidiera algún tipo de ayuda. Su silencio la puso nerviosa y su instinto le gritó que tuviera cuidado.

–Tiene que soltarme –alzó la barbilla y deseó poder verle bien los ojos.

Él inclinó la cabeza y ella pensó, aliviada, que probablemente querría algo así como otra botella de vino para la mesa. Iba a preguntárselo cuando alguien la empujó y la lanzó contra el pecho del desconocido. Unas manos grandes la agarraron por los brazos. Frente a ella había un traje muy elegante, la masculina barbilla y un par de hombros que no le pasarían desapercibidos a ninguna mujer. Unos hombros como los de... Se mordió los labios. Aquello tenía que acabar.

Otra pareja la empujó y, de pronto, se halló pegada a un cuerpo duro, caliente y fuerte. Se sintió mareada. Se imaginó que percibía cada músculo del cuerpo de él contra el suyo. Por debajo de la cara colonia, un vago aroma a piel masculina le hizo cosquillas en la nariz. El hombre le resultaba demasiado familiar, como si fuera un fantasma de uno de los interminables sueños que la perseguían. Su extraño silencio contribuía a aumentar la sensación de irrealidad.

Entonces, una de las manos de él se deslizó por su espalda hasta justo antes de las nalgas. Carys sintió el calor del deseo, una sensación que llevaba siglos sin experimentar. Su cuerpo respondió temblando al masculino encanto del de aquel hombre.

–Tengo que irme. ¡Por favor! –la boca le tembló y, para su consternación, los ojos se le llenaron de lágrimas. Parte de ella deseó locamente sucumbir a la potente masculinidad de él porque le recordaba al hombre que le había enseñado los peligros de la atracción física instantánea. Tenía que salir de allí.

Con una fuerza producto de la desesperación, Carys consiguió separarse y se tambaleó cuando él la soltó de repente. Ella dio un paso vacilante hacia atrás, luego otro, mientras el hombre la miraba con ojos inescrutables y tan inmóvil como un depredador a punto de abalanzarse sobre ella. Se le hizo un nudo en la garganta a causa del pánico. Abrió la boca, pero no pudo articular sonido alguno. Después se dio la vuelta y se abrió paso a ciegas entre la multitud.

El salón de baile se hallaba vacío salvo por los empleados que recogían y movían los muebles. Sonó un teléfono y Carys cruzó los dedos para que no hubiera más problemas. Estaba exhausta y aún inquieta por el recuerdo del desconocido,

–Dígame.

–Carys, menos mal que te he encontrado.

Reconoció la voz del nuevo empleado del turno de noche en recepción.

–Tienes una llamada urgente –prosiguió él–. Te la paso.

De pronto, todo el cansancio le desapareció. Se le hizo un vacío en el estómago que fue a llenar el miedo. ¿Le había pasado algo a Leo? ¿Estaba enfermo? ¿Había sufrido un accidente? El clic de la conexión telefónica resonó en sus oídos, así como el silencio que siguió.

–¿Qué pasa, Sarah?

Hubo una pausa en la que oyó el eco de su propia respiración. Después surgió una voz aterciopelada.

–Carys.

Sólo una palabra que bastó para que se le erizara todo el vello del cuerpo. Era la voz que la perseguía en sueños, la voz que, a pesar de todo, seguía teniendo el poder de derretirla. Comenzaron a temblarle las piernas y tuvo que sentarse en el borde de la mesa que había a su lado. Se agarró la garganta en un gesto desesperado. ¡No podía ser!

–Tenemos que vernos –dijo la voz del pasado–. Ahora.

Capítulo 2

QUIÉN es usted? –preguntó Carys con voz ronca. ¡No podía ser él! Sobre todo después de haberse convencido de que no quería volverlo a ver. El destino no podía ser tan cruel. Pero un impulso autodestructivo le produjo una punzada de excitación. Hubo un tiempo en que deseó que se pusiera en contacto con ella, que fuera a buscarla, que le dijera que se había equivocado, que le dijera... Pero ya no era tan ingenua para seguir creyendo en semejantes fantasías. ¿Qué quería él? Un presentimiento de peligro le heló la sangre.

–Ya sabes quién soy, Carys.

Su forma de pronunciar su nombre, con aquel acento italiano tan sexy, convirtió la palabra en una caricia que hizo que ella se derritiera por dentro. Siempre había puesto en peligro su autocontrol. Recordó cómo la había convencido para que abandonara todo por lo que había luchado simplemente por el privilegio de estar con él. Había sido una estúpida.

–Por favor, dígame quién es.

No podía ser él. Nunca la hubiera seguido hasta Australia. Lo dejó claro cuando ella se marchó con el rabo entre las piernas. Pero el recuerdo del desconocido del baile, del hombre enmascarado que le había hecho pensar en él, disminuía su incredulidad. ¿Se estaría volviendo loca? Lo veía y lo escuchaba cuando sabía perfectamente que se hallaba instalado en su mundo de amigos ricos, elegantes y aristocráticos, de negocios importantes, sangre azul y glamour, en el que

la gente como ella sólo era motivo de breve entreteni-
miento.

–No finjas que no me conoces, Carys. No tengo
tiempo para jueguecitos. Soy Alessandro Mattani.

Carys apretó el auricular entre sus dedos. Se hubiera caído al suelo de no haber estado sentada.

–Alessandro...

–Mattani. Seguro que reconoces el apellido –le dijo
con voz cortante como una cuchilla.

¿Que si reconocía el apellido? ¡Si en otro tiempo
había tenido la esperanza de que también fuera el
suyo! Se le formó una risa histérica en la garganta y se
puso la mano en la boca para no soltarla, al tiempo que
se concentraba en respirar profundamente. Necesitaba
oxígeno. La habitación comenzó a dar vueltas. Un
ruido a sus espaldas la devolvió a la realidad y miró
hacia abajo como si estuviera a una enorme distancia
de allí. El auricular se le había resbalado entre los dedos y había caído en la mesa.

Alessandro Mattani: el hombre al que había amado,
el que le había partido el corazón.

Los últimos empleados le dieron las buenas noches.
Carys alzó la mano a modo de despedida. Miró a su alrededor, confusa. Todo estaba preparado para el desfile de moda del día siguiente. Estaba sola... salvo por
la voz al otro lado del teléfono. La voz de sus sueños.
A tientas, como si fuera a tocar un animal salvaje, es-
tiró la mano hacia el auricular. Lo levantó.

–¿Carys?

–Aquí estoy.

–Nada de juegos. Quiero verte.

Pues peor para él. Hacía tiempo que Carys había dejado de preocuparse de lo que quisiera Alessandro Mattani. Además, no era tan estúpida como
para volver a acercársele. Ni siquiera se fiaba de las
defensas contra él que tanto le había costado construir, contra un hombre por el que había abandonado

su trabajo, todos sus planes e incluso el respeto hacia sí misma.

—No es posible.

—Claro que lo es —le espetó él—. Sólo nos separan doce plantas.

¿Doce plantas? ¿Estaba en Melbourne? ¿En el Landford?

—¿Eras tú el de esta noche en el baile? —si se hubiera sentido menos aturdida, se habría dado cuenta de lo que su tensa voz traslucía. Pero trataba de reponerse del choque y no podía pensar en su orgullo.

Él no contestó. Carys se sintió invadida por una ola de calor. Había sido él quien la había tenido en sus brazos en el salón de baile. ¿Cuántas veces había deseado que la abrazase, a pesar de todo lo que se decía a sí misma sobre olvidar el pasado? ¿La había abrazado y ella no lo había reconocido? Claro que lo había reconocido, a pesar de la nueva colonia, la palidez y la cicatriz. El miedo le cortó la respiración. Lo habían herido. ¿Había sido grave? Recurrió temblorosa a los últimos restos de control que le quedaban.

—¿Qué quieres?

—Ya te lo he dicho —contestó él con impaciencia—. Quiero verte.

Ella no pudo evitar un bufido de incredulidad ante sus palabras. Cómo habían cambiado los tiempos. Finalmente, el orgullo vino en su ayuda.

—Es tarde. He tenido un día muy largo y me voy a casa. No tenemos nada que decirnos.

—¿Estás segura? —su voz parecía estar recorrida por una erótica corriente subterránea.

Carys se incorporó de un salto. Una llama lamía un lugar secreto en su interior, el lugar que estaba frío y vacío desde que él la abandonara. Al darse cuenta, su enfado aumentó. No, no estaba segura, eso era lo peor.

—Estoy en la suite presidencial —prosiguió él al

cabo de unos segundos–. Te espero dentro de diez minutos.

–No tienes derecho a darme órdenes –aunque tarde, recuperó el habla.

–¿No quieres verme? –preguntó él en tono de incredulidad.

¿Alguna vez lo había rechazado una mujer? Ella no, desde luego. Había sido como arcilla en sus manos desde el momento en que se enamoró de él.

–Lo pasado, pasado está –en el último momento consiguió no decir su nombre. No quería oírlo de sus propios labios. Le traía demasiados recuerdos.

–Tal vez sea así, pero yo sí quiero verte –su tono dejó claro que no estaba a punto de ponerse de rodillas y pedirle perdón.

Carys se frotó la frente. La idea de que Alessandro, niño mimado de la alta sociedad, empresario e italiano cien por cien viril, se arrodillara ante una mujer era absurda.

–Tienes diez minutos –repitió él.

–¿Y si no voy?

–Tú decides. Tengo que hablar contigo de asuntos personales. Creí que preferirías hacerlo en mi suite, pero, desde luego, puedo verte mañana mientras trabajas. Me parece que compartes el despacho con otros colegas. Es de suponer que nuestra conversación no les molestará.

Carys se imaginó cómo reaccionarían sus compañeros ante Alessandro y sus «asuntos personales».

–No hay duda –prosiguió él con su delicioso acento– de que a tu jefe no le importará que trates un asunto privado en horas de trabajo. Aunque creo que todavía estás en periodo de prueba ampliado.

Carys se quedó muda al saber que había investigado sobre ella. ¿Cómo, si no, sabía lo del largo periodo de prueba a causa de haber conseguido el empleo sin el currículum adecuado? Se suponía que esos detalles eran confidenciales. Se puso a la defensiva al volver a sentir que no daba la talla, que no era lo bastante buena. Y aún más al sentirse acorralada y tener que hacer frente a una fuerza implacable e incontenible que amenazaba con dominarla. Experimentó el amargo sabor de la derrota. ¿O era el del miedo? El del miedo a que, a pesar de su negativa inicial, Alessandro estuviera allí para quitarle a Leo.

–Dentro de diez minutos –le confirmó ella.

Alessandro miraba la ciudad por la ventana sin ver los edificios, pues en su cerebro había aparecido la imagen de unos ojos azules grandes y cándidos. Una oleada de calor lo invadió desde la entrepierna al recordar el suave cuerpo de ella apoyado en el suyo. Desde el momento en que la había visto en el salón de baile, lo supo. El reconocimiento que había experimentado al ver la foto no fue nada comparado con la certeza instantánea de esa noche: esa mujer era suya.

Se tomó de un trago el café que el mayordomo le había preparado. El breve recuerdo que había tenido le indicaba que no se habían separado en términos amistosos. ¡Lo había dejado plantado! Ninguna otra amante le había hecho algo así. Pero estaba completamente seguro de que seguía habiendo algo entre ellos, algo que explicara la molesta insatisfacción que lo perseguía desde el accidente. ¿Por qué se habían separado?

Tenía la intención de descubrir todo lo que no recordaba de los meses anteriores al accidente. Y no dejaría que ella se escapara hasta haber obtenido respuestas. Desde el momento en que la abrazó tuvo la abrumadora sensación de que tenían un asunto pendiente. Y había algo más, aparte de la sensación inmediata de conexión y pertenencia: una agitación en su interior que tenía que proceder sin duda de emociones largo tiempo aletargadas. Había observado a Carys, la había escuchado y se había quedado estupefacto por la intensidad de los sentimientos encontrados que experimentaba.

Había recurrido a toda su fuerza de voluntad para recuperarse de las heridas y sacar a flote el tambaleante negocio familiar. Había bloqueado todo lo que no fuera la necesidad de levantar una empresa que estaba al borde del desastre. Lo demás se había vuelto borroso, y hasta aquel momento nadie había conseguido alterar su serenidad; ni su madrastra, ni las muchas mujeres que habían pretendido llamar su atención, ni sus amigos.

A pesar del amplio círculo social en que se movía, era una persona solitaria como su padre, que se había aislado y concentrado únicamente en los negocios después de que su primera esposa lo traicionara y abandonara. En consecuencia, Alessandro había aprendido muy pronto la forma de hacer las cosas de los Mattani y había ocultado tras una fachada de calma su pena y desconcierto infantiles. Con los años, la fachada se había vuelto real. Había desarrollado la habilidad de reprimir las emociones fuertes y de distanciarse de su propia vulnerabilidad. Hasta aquella noche al ver a Carys Wells, en que había... sentido cosas: descontento, deseo, pérdida.

Frunció el ceño. No tenía tiempo para emociones, aunque sí para la lujuria. El deseo físico no le resultaba ajeno y se saciaba con facilidad. Pero las inquietantes sensaciones que le bullían en el pecho le resultaban desconocidas y eran producto de algo más complejo.

Llamaron a la puerta. Agradecido por la interrupción de sus desagradables pensamientos, dejó la taza y se dio la vuelta mientras el mayordomo cruzaba el vestíbulo. Se sintió sorprendido al darse cuenta de que estaba muy tenso.

¿Desde cuándo él, Alessandro Mattani, se ponía nervioso? Incluso cuando los especialistas le habían hablado de las complicaciones de sus heridas y de un periodo de larga convalecencia, sólo se había sentido impaciente por salir del hospital, sobre todo después de saber el impacto que había tenido su accidente, que se produjo poco después de la muerte de su padre. Los buitres habían comenzado a volar en círculo, dispuestos a aprovecharse de los errores que su padre había cometido en los últimos meses, cuando Alessandro se hallaba incapacitado.

–La señorita Wells, señor –el mayordomo la condujo al salón.

Ella se quedó en el umbral como si estuviera a punto de salir corriendo. La sorpresa de la conexión entre ambos volvió a golpear el pecho de Alessandro. Ella levantó la mano con brusquedad para retocarse el pelo, pero la bajó al darse cuenta de que él la miraba. La tensión era palpable mientras se miraban a los ojos.

Cary Wells parecía fuera de lugar en medio de la opulencia de la suite más exclusiva de todos los hoteles de Melbourne, a no ser, desde luego, que estuviera allí para proporcionar un servicio personal a su ocupante. Alessandro pensó en el tipo de servicio «personal» que le gustaría recibir. Daba igual que conociera a muchas mujeres más hermosas, inteligentes y triunfadoras, que combinaban la elegancia con la habilidad para los negocios y estaban deseando compartir su cama. Carys tenía algo que la diferenciaba de ellas. Sus curvas horrorizarían a las mujeres que conocía en Milán y que siempre estaban a dieta. Llevaba el pelo recogido en una especie de moño. Iba maquillada discretamente y llevaba un traje de chaqueta azul marino que ninguna de las conocidas de Alessandro se pondría ni aunque la mataran.

Sin embargo, el modo en que se le había iluminado la cara de la emoción unas horas antes apuntaba a un atractivo más sutil. Y tenía unas piernas... Sus bien formadas pantorrillas y tobillos finos con zapatos de tacón y medias oscuras revivieron la adormecida libido de Alessandro, que quería seguir explorándolas para descubrir si seguían siendo igual de atractivas en toda su longitud. El instinto, ¿o era el recuerdo?, le decía que eran soberbias, del mismo modo que sabía que la curvilínea figura de Carys y sus deliciosos labios le proporcionarían placer. Por fin dejó de mirar a la mujer que lo había atraído desde el otro extremo del mundo. Tenía que dejar de pensar en ella como fuera.

–*Grazie*, Robson. Es todo por esta noche.

–Hay refrescos en el aparador si les apetece, señores –nada en el mayordomo indicó que considerara a la mujer que tenía frente a sí como a otra trabajadora. Hizo una inclinación de cabeza y se marchó silenciosamente.

–Siéntate, por favor –dijo Alessandro. Durante unos instantes creyó que no iba a aceptar.

Ella se sentó en una silla. Las lámparas le iluminaban el rostro, en el que se apreciaba una tensión en los labios apretados que él no había observado antes. Parecía cansada.

Alessandro miró el reloj. Era muy tarde. Estaba acostumbrado a trabajar hasta altas horas de la noche, con la ayuda de la cafeína y de su propia energía. Le remordió la conciencia. Debería haber dejado aquello para el día siguiente, pero no había sido capaz de pasar por alto la frustración que lo acometía sin piedad. Estaba tan cerca de hallar una respuesta que no descansaría hasta que la tuviera.

Ya se había frustrado su primer intento cuando, al verla en el baile, se había quedado sin habla al reconocerla y el único pensamiento que se le había ocurrido había sido abrazarla y no soltarla. Su propia vulnerabilidad en aquellos momentos lo había desconcertado y avergonzado. Nunca se había sentido tan perdido, ni en los negocios ni en su trato con las mujeres. Pero se había recuperado y no le volvería a suceder: Alessandro Mattani no era vulnerable.

–¿Quieres té, café? –le ofreció–. ¿Vino?

–No quiero nada –respondió ella, desafiante. Aquella chispa de rebelión le coloreó las mejillas e hizo que sus ojos brillaran.

Alessandro se sirvió un coñac y se sentó frente a ella, que no había dejado de mirarlo con esos ojos luminosos que lo habían cautivado desde el momento en que la vio. ¿Qué veía? ¿Estaba haciendo una lista de las diferencias que observaba en él? Se sorprendió al percatarse de lo mucho que le gustaría leerle el pensamiento y saber qué sentía. ¿Experimentaba la misma tensión que él?

–Veo que te has fijado en la cicatriz.

El color de las mejillas de ella se intensificó, pero no apartó la mirada ni le contestó.

Alessandro no era vanidoso, por lo que no le importaba aquella imperfección en su rostro. Además, las mujeres reaccionaban ante su riqueza y posición en la misma medida que ante su aspecto. A pesar de que afirmaran que buscaban a un hombre que fuera amable y encantador, él sabía lo volubles que eran. Ni los votos matrimoniales ni los lazos de sangre entre madre e hijo las detenían cuando encontraban a otro que les ofreciera más riqueza y prestigio, lo cual personalmente no le importaba, ya que disponía de ambos en abundancia. Si, en el futuro, llegaba a desear a una mujer de forma permanente, tendría dónde elegir.

–¿Te resulto repulsivo?

¿Repulsivo? Carys deseó que así fuera porque, de ese modo, podría dejar de mirarlo. El corazón le latía con fuerza. Trató de disimular lo que le costaba respirar al sentirse envuelta por su potente aura masculina. Siempre había sido así. Pero había creído que el tiem-

po y el sentido común la curarían de su terrible debilidad.

—¿Me has hecho venir para hablar de tu aspecto?
—le preguntó Carys, pues la sensatez le indicó que no
contestara a su pregunta. Horrorizada, se dio cuenta de
que le resultaba más atractivo que antes. Ni siquiera la
cicatriz que se extendía desde una ceja hasta la sien
restaba belleza a sus hermosos rasgos. Apretó las manos en el regazo alarmada al descubrir que Alessandro
seguía ejerciendo sobre ella una atracción puramente
animal que no podía negar, pero a la que no iba a sucumbir. Estaba curada.

—No dejas de mirarme la cicatriz —se llevó la copa a
los labios.

Carys observó el movimiento de su garganta al tra-
gar y se le aceleró el pulso. Casi nunca lo había visto
vestido de manera formal, pero el traje aumentaba aún
más su magnetismo. Alessandro había sido un enigma
complejo, siempre elegante incluso con ropa informal,
incluso sin ropa. Pero al mismo tiempo había en él
algo terrenal y masculino, innatamente más fuerte que
el barniz de la riqueza y los siglos de buena educación.

—¿En qué piensas? —preguntó él.

Carys se puso colorada al darse cuenta de que se lo
estaba imaginando desnudo. A pesar de despreciarlo,
seguía siendo una mujer que respondía a su tremendo
atractivo físico.

—En nada, en lo que has cambiado.

—¿Tanto he cambiado? —se inclinó hacia delante y
apoyó los codos en las rodillas.

—Hace... —se detuvo a tiempo. Él no tenía que saber
que recordaba con detalle cuánto tiempo hacía que no
se veían—. Hace ya tiempo. La gente cambia.

—¿En que he cambiado?

—Pues, para empezar, tienes una cicatriz —se contuvo para no hacerle preguntas sobre su salud. ¿Había

tenido un accidente? ¿Lo habían operado? Se dijo que no le importaba.

—Ahora gozo de excelente salud —respondió él como si le hubiera leído el pensamiento.

—Desde luego. De lo contrario, no estarías aquí —si estuviera enfermo, se encontraría en Italia al cuidado de los mejores médicos en vez de haberla convocado en su habitación de madrugada para hablar. ¿Qué era lo que quería? Sólo podía haber un motivo de su presencia allí, sólo podía desear una cosa: su hijo.

Sin duda había decidido que, finalmente, quería quedarse con Leo. Alessandro no hacía las cosas a medias. Si quería algo, se apoderaba de ello. Y era indudable que cualquier italiano normal querría a su hijo. El miedo se instaló en su corazón. Si estaba en lo cierto, ¿qué posibilidad tenía de evitarlo?

—¿En qué más he cambiado?

Carys frunció el ceño ante aquella fijación por su aspecto.

—Estás menos moreno que antes y más delgado.

Cuando se conocieron, él había estado de vacaciones en la nieve, por lo que el sol le había dorado la piel. Su cuerpo era puro músculo. Carys había mirado sus juguetones ojos verdes y su sonrisa sensual que le hacía sentir como si fuera la única mujer que hubiera en el mundo, y, sin pensarlo dos veces, se había enamorado perdidamente de él.

Él se volvió a llevar la copa a los labios, pero antes Carys observó que hacía una mueca irónica.

—Trabajo mucho.

¿Tanto que no tenía tiempo de comer? Carys apartó la mirada mientras se recriminaba por preocuparse por él.

—Por lo que veo, hay cosas que no cambian.

Las últimas semanas que habían estado juntos, Alessandro se había servido del trabajo como excusa para no estar con ella. Al principio, Carys creyó que había un problema en la empresa o con el hecho de que él hubiera tomado las riendas tras la muerte del padre; pero sus preguntas, sus intentos de comprender y de prestarle apoyo habían sido rechazados con firmeza. La empresa iba bien; él estaba bien; ella se preocupaba demasiado; él tenía responsabilidades que atender. Recordaba la letanía.

Alessandro la había excluido de su vida metódicamente, día tras día, hora tras hora, hasta que su única comunicación quedó reducida a las horas previas al alba, cuando él la poseía con una pasión tan ardiente que a punto estaba de consumirlos.

Hasta que ella descubrió que no eran únicamente los negocios lo que lo mantenía apartado, que tenía tiempo para otras cosas, para otras personas. Había sido una ingenua al creer que él se contentaría con compartir su cama con una mujer inocente y sencilla.

—Ser presidente de una multinacional implica una enorme responsabilidad.

—Ya lo sé —ella había dejado de preocuparse por la cantidad de horas que trabajaba, de tratar de entender lo que le había ocurrido al hombre encantador y atento del que se había enamorado, que también trabajaba mucho, pero que sabía cuándo dejarlo y al que le gustaba estar con ella.

Carys sintió un nudo en el estómago. Lo que hubieran compartido se había acabado. Él le había dejado muy claro que nunca estaría a la altura de sus exigencias. Entonces, ¿qué hacía allí? Aquella conversación no iba a llevarlos a ninguna parte y sólo serviría para abrir viejas heridas.

Se levantó de un salto.

—Me alegro mucho de verte, pero me tengo que ir. Es tarde.

Apenas había acabado de hablar cuando él ya estaba de pie frente a ella, tan cerca que tuvo que echar la cabeza hacia atrás para mirarlo a los ojos. Instintivamente dio un paso atrás.

–No puedes marcharte todavía.

–Puedo y lo voy a hacer –se negaba a volver a hacer el ridículo por su culpa–. Hemos terminado.

–¿Terminado? –su boca se curvó en una tensa sonrisa–. Entonces, ¿qué te parece esto? –la atrajo hacia sí y bajó la cabeza.

Capítulo 3

¡ALESSANDRO! —exclamó ella con voz ronca por la sorpresa.

Él se detuvo. El sonido de su nombre en boca de ella le resultaba profundamente familiar. Todo en ella le resultaba conocido, la forma en que su cuerpo se acoplaba al de él, su atractivo femenino al sujetarla contra sí. Trató de no apresurarse, de actuar con sensatez. Pero desde el momento en que ella había entrado, todo había cambiado. Su precaución y su respeto por los detalles de la buena conducta social se habían evaporado. Se sentía arrastrado por un instinto primario que anulaba la lógica y las convenciones.

La tenía sujeta muy cerca de sí. Sus senos se apoyaban en el torso de él y las caderas de ambos se tocaban. Al llegar, fatigada pero desafiante, él había puesto en duda la necesidad de tener que verla aquella noche. Pero tales dudas se evaporaron al sentir su cuerpo y oír su respiración jadeante. Aunque los ojos de ella echaran chispas, la forma de acoplarse a su cuerpo desmentía su indignación.

A pesar de que él no se acordara conscientemente de ella, su cuerpo la recordaba. Sus entrañas le relataban una historia de conocimiento y deseo. La miró a los ojos y tuvo la impresión de caer desde la niebla hacia un lugar claro y soleado. Aspiró su aroma a canela y el cerebro le gritó: «¡Sí! ¡Es ella!».

—¡Alessandro! —repitió ella con más determinación en la voz mientras sus manos lo empujaban para separarlo. Pero hubo una nota de vacilación que la traicionó.

Él le acarició la mejilla.

–No tienes derecho a hacer esto. Suéltame –pero había dejado de forcejear y se limitaba a mantenerse erguida mientras la abrazaba.

–¿No te parece bien? –deslizó el pulgar hasta su boca y le acarició el labio inferior mientras sentía el calor de su aliento en la piel.

Ella abrió la boca. Él sintió un fuego en su interior al ver cómo respondía a una simple caricia. Abrió más las piernas y la atrajo con más fuerza hacia la pelvis. Sentía la promesa del éxtasis en la sangre, que le corría cada vez más deprisa exigiéndole que actuara. Pero controló el impulso: tenía que saber y entender además de sentir.

–Me has concedido el derecho al reaccionar de esa manera –volvió a deslizar el pulgar por sus labios presionando con más fuerza hasta sentir la punta de su lengua contra el dedo. Todos sus músculos se tensaron ante el deseo avasallador que experimentó. *Madonna mia!* ¿Qué fuerza tenía aquella mujer que el mero roce de su lengua hacía trizas su autocontrol? La sorpresa le oscureció los ojos.

–No he hecho nada –protestó ella en voz ronca. De repente volvió a empujarlo para separarse.

–Carys –le encantaba decir su nombre–. ¿Vas a negar esto?

Deslizó hábilmente la mano hasta la nuca de ella y sintió su pelo sedoso en la palma. Después la atrajo hacia sí e inclinó la cabeza buscando sus labios. Ella volvió la cara. Los sentidos de Alessandro se llenaron de la suavidad aterciopelada de su piel, de la dulce tentación del perfume de su cuerpo, mientras le rozaba la oreja con los labios. Ella dejó de moverse de inmediato. ¿Lo hacía a causa de las mismas sensaciones que él experimentaba? Deslizó la boca hasta su cuello y luego volvió a la oreja y le lamió el lóbulo. Ella dio un respingo entre sus brazos y él la oyó suspirar.

—No puedes negar esto —murmuró él.

La piel de ella tenía un sabor dulce. Le besó la mandíbula, la barbilla, el lunar que tenía debajo de la boca. Se echó hacia atrás durante una fracción de segundo para mirarle la cara y sonrió satisfecho al ver que tenía los ojos cerrados y los labios entreabiertos como si le incitara a reclamarlos. El pelo se le había comenzado a soltar al forcejear. Se dio cuenta de que no era negro como pensó en el baile, sino castaño oscuro con tonos rojizos. En su cerebro se formó la imagen de un pelo oscuro sobre blancas almohadas y de sus manos extendiéndolo. No era una imagen, sino un recuerdo. El de Carys en la cama con él, su sonrisa perezosa, sus dientes tan blancos como la nieve que se veía por la ventana.

El impacto que le produjo ese inesperado recuerdo le hizo perder el equilibrio, por lo que se aferró a ella con fuerza. Era el segundo recuerdo en una sola noche. Supo que había hecho bien en ir hasta allí. Con Carys podría abrir la puerta del pasado, recuperar lo que había perdido. Cuando recordara, se vería libre de la sensación de haber perdido algo, de que su vida no estaba completa. Y entonces podría seguir adelante reconciliado con la vida.

—Alessandro —ella había abierto los ojos, que expresaban sorpresa y pesar—. Suéltame, por favor.

Le habían enseñado a respetar los deseos de una mujer. El código de honor de los Mattani estaba profundamente arraigado en él: nunca forzaría a una mujer. Pero era demasiado tarde para fingir: a pesar de lo que dijera, Carys lo deseaba tanto como él a ella. Un beso no les haría daño alguno.

—Después de esto —murmuró—. Te prometo que te gustará —tanto como a él.

Le agarró la cabeza, hizo que la volviera hacia él y apretó su boca contra la de ella.

Carys trató de separarse de él. La desesperación dio nuevas fuerzas a sus cansados miembros, pero sin resultado alguno. Él la abrazó con más fuerza si cabía. Era mucho más fuerte que ella. Saberlo debería haberla asustado. Sin embargo, una parte de ella se regocijó: la hedonista que había descubierto al conocer a Alessandro, la amante a quien habían cautivado su masculinidad y su fuerza, la mujer con el corazón desgarrado que había amado y perdido a su amor y que secretamente esperaba que volviera. Luchaba tanto contra él como contra sí misma.

Unos labios cálidos se unieron a los suyos, y un escalofrío de deseo la recorrió de pies a cabeza. Fue instantáneo, devorador e innegable, pero se negó a rendirse. Apoyó las manos en los hombros de él y se echó hacia atrás todo lo que le dieron los brazos. Estaba desesperada por escapar, ya que recordaba muy bien cómo reaccionaba siempre ante él. El beso fue inesperadamente tierno, una suave caricia de sus labios sobre la línea cerrada de la boca de ella. El calor del cuerpo masculino calentó el suyo. La abrazaba como si no fuera a soltarla nunca. Otra ilusión. Trató de reavivar su determinación, su desprecio. Pero su mente se había embarcado en una batalla perdida, pues su cuerpo ya había capitulado.

–¡No! –tenía que escapar, que mantenerse firme–. No quiero...

Era demasiado tarde. Guiado por el instinto infalible de un depredador nato, Alessandro aprovechó su momentáneo descuido e introdujo la lengua en su boca abierta. Carys se quedó sin respiración mientras lo que la rodeaba estallaba en mil pedazos. Él le acarició la lengua y la parte interna de las mejillas. La sujetó con fuerza por la nuca e inclinó más la cabeza para poder entrar más adentro con una lenta meticulosidad que hizo que ella se estremeciera.

Carys le agarró los hombros con fuerza. Dejó de sentir pánico. Movió la boca con precaución al mismo tiempo que la de él, siguiendo la danza del deseo que muchas otras veces habían bailado. Imitó los movimientos masculinos y, lentamente, como si se despertara de un periodo de hibernación, sintió que la fuerza de la vida le estallaba en las venas. Pronto comenzó a responder a las exigencias de él con las suyas propias. Estaba en la gloria.

Deslizó las manos de los hombros al cuello y de allí a su pelo corto, que acarició con dedos desesperados. Él era real, sólido, maravilloso, no el efímero fantasma de sus sueños. Lo necesitaba cerca, más cerca, para satisfacer su reavivado deseo que le pedía más. Embriagada, recordó a medias a Alessandro dándole placer, abrazándola con fuerza como si nunca fuera a soltarla, la chispa instantánea de reconocimiento y comprensión que se había producido entre ambos cuando se vieron.

Pero eran sombras de recuerdos porque se hallaba enfrascada en volver a aprender cómo era Alessandro, cómo eran su pelo, sus labios y su lengua, el acero caliente de sus brazos en torno a ella, los músculos y huesos de su largo cuerpo, su sabor y olor. Se apoyó en él, deleitándose al sentir sus senos contra el duro pecho masculino. Se puso de puntillas para conseguir más, para aproximarse más a él, para perderse en el lujo y la excitación de sus besos.

Alessandro lanzó un gemido apagado mientras la rodeaba con el otro brazo por las nalgas y la levantaba del suelo. Carys se entregó a cada una de las exquisitas sensaciones que experimentaba: la unión de sus bocas, la formidable fuerza que la envolvía, la piel ardiente bajo sus dedos mientras le acariciaba la mandíbula y las mejillas. Él comenzó a andar hasta que Carys sintió

algo sólido contra la espalda. ¿Una pared? ¿Un sofá?
Había perdido el sentido de la orientación.

Él inclinó las caderas y el deseo estalló en ella. La
pelvis de ambos se hallaban perfectamente alineadas,
el pesado bulto de los pantalones masculinos anun-
ciaba el placer que llegaría. Ella comenzó a sentir un
latido punzante entre las piernas, una necesidad a flor
de piel que la hacía retorcerse de anticipación.

–¡Cómo me tientas! ¡Como una sirena! –murmuró
él con voz ronca.

Carys echó la cabeza hacia atrás e inspiró con fuerza.
Alessandro le besó ardientemente la cara y el cuello y
cada beso provocó una pequeña explosión de placer en
el tenso cuerpo de ella. Y él no dejaba de empujarla con
su cuerpo como si pudiera deshacer la barrera formada
por la ropa de ambos y provocar el éxtasis que anhelaban. Bajó la mano hasta el muslo de ella para agarrarle
la falda y subírsela.

Carys abrió la boca porque presentía vagamente
que debería protestar, pero él volvió a introducirle la
lengua, dejándola sin respiración y sin capacidad para
pensar. Y volvió a darle placer con un beso tan dulce y
tan exigente a la vez que aniquiló los últimos restos de
resistencia por parte de ella, que alzó las piernas y le
rodeó las caderas. El deseo agridulce que experimentaba entre las piernas y, aún más profundamente, en el
vientre se convirtió en un latido regular. Apretó con
fuerza las caderas de él con las piernas. Y él, como si
la hubiera entendido, se apretó más contra ella y llevó
su erección justamente hasta... allí.

¡Sí! Era lo que ella quería, que le calentara el cuerpo
y el alma que llevaban tanto tiempo helados. Las grandes manos masculinas bajaron por debajo de su falda
arrugada y después le subieron por los muslos hasta to-
carle la piel desnuda y temblorosa.

–Llevas medias –murmuró él–. Tu forma de vestir
volvería loco a cualquier hombre.

Ella no lo escuchaba. Sintió su aliento en sus labios, pero no entendió lo que decía, sólo su tono de aprobación. Le desabrochó la pajarita, desesperada por sentir su piel en las manos. Los dedos masculinos se deslizaron por sus muslos. Ella se retorció mientras le tiraba de la camisa hasta que consiguió rompérsela y que se abriera. Él manifestó su aprobación con un torrente de palabras italianas, pero ella apenas se dio cuenta, pues se hallaba en el paraíso mientras le acariciaba el vello y la piel y sentía los rápidos latidos de su corazón. Él movió las manos y le rozó con los nudillos la tela húmeda de las bragas.

–*Cara*, sabía que lo deseabas tanto como yo –le introdujo los dedos por debajo de la goma mientras trataba de quitarse el cinturón.

La dura e implacable realidad reapareció para ella en un momento de helada claridad. La embriagadora excitación se evaporó mientras la mente comenzaba a funcionarle. ¿Lo produjo la ansiosa caricia de sus dedos en el más íntimo de todos los lugares? ¿La forma experimentada en que se había desabrochado los pantalones? ¿La petulante satisfacción de su voz? Su mente le gritó indignada que ni siquiera la deseaba a ella, sino sólo sexo, una satisfacción física, y que cualquier mujer le serviría, pero era ella la que estaba disponible. Más que eso, dispuesta, desesperada por tenerlo. Horrorizada, se quedó inmóvil. ¿Qué había hecho? Consentir que su soledad y los recuerdos de la felicidad que habían compartido la dejaran caer en una tentación que la destruiría.

–¡No! ¡Para! –avergonzada, lo empujó con todas sus fuerzas mientras se retorcía para apartarle las manos y bajar las piernas–. ¡Suéltame!

Se movió de forma tan inesperada que él no pudo impedírselo e incluso se retiró unos centímetros preciosos que permitieron que ella bajara las piernas, y fue entonces, al poner los pies en el suelo, cuando se dio cuenta que lo que tenía detrás era una pared. Tuvo que esforzarse en controlar el temblor de sus piernas para no caerse. ¡Él había estado a punto de tomarla contra una pared de su suite! ¡Y completamente vestida! Después de todo lo que había pasado, ¿cómo podía haber sido tan débil?

—Carys...

Ella le golpeó las manos para que las retirara mientras trataba de escapar y tropezaba con un zapato. Su autoestima se había hecho añicos. Trató de bajarse la falda con manos temblorosas. No veía con claridad.

—Deja que te ayude.

—¡No! —se dio la vuelta para mirarlo mientras extendía los brazos para que no se le acercara.

A pesar de que Alessandro tenía carmín en la cara y la camisa abierta, parecía poderoso y tranquilo, y más sexy de lo que le debería estar permitido a un hombre. Pero Cary se fijó en cómo le subía y bajaba el pecho, cómo le sobresalían los tendones del cuello y se le habían tensado los músculos de la cara. Estaba colorado y respiraba con dificultad: pruebas de pura lujuria animal. Eso era lo único que Alessandro siempre había sentido por ella. ¿Cuándo aprendería? Se dio asco.

Sentía un peso tan grande en el corazón que respirar era una agonía. Pero fue peor darse cuenta de lo que había hecho. Un beso... un beso y había comenzado a tirarle de la camisa, desesperada por sentir su cuerpo contra el de él, incitándola a hacerla suya. Había provocado su propia degradación. Y Alessandro le había vuelto a demostrar que era un consumado seductor, lo cual no era ninguna excusa, pues tenía que haber podido resistirse. ¿Dónde estaba su autoestima?

—No me toques —susurró ella mientras se bajaba la falda. De forma involuntaria se le tensaron los músculos internos. Su traicionero cuerpo seguía dispuesto a ser tomado. Saberlo eliminó los últimos restos de su orgullo.

—*Va bene*. Como quieras —el brillo salvaje de sus

ojos era una advertencia de que no estaba dispuesto a que lo siguiera contrariando durante mucho tiempo–. De momento, vamos a hablar.

Carys sintió que la garganta le ardía y desvió la vista, incapaz de seguir soportando su mirada escrutadora. Comenzó a andar lentamente. Él no la siguió, sino que se quedó donde estaba, con los brazos en jarras, como si estuviera esperando a que ella entrara en razón.

–Tenemos que hablar, Carys.

De ninguna manera. Ya habían hablado bastante por una noche. Se dio cuenta de que tenía la blusa abierta y se le veía el sujetador. ¿Cómo había sido? Se la abrochó y lanzó una mirada acusadora a Alessandro, pero éste no dijo nada y se limitó a cruzar los brazos. A pesar de su inmovilidad, Carys no pudo librarse de la impresión de que sólo esperaba para abalanzarse sobre ella. ¿Tendría la suficiente determinación para detenerlo la próxima vez?

–No voy a quedarme para que me vuelvas a atacar.

–¡Atacarte! Ni en sueños. Te morías por que te tocara.

Sus palabras arrogantes fueron la gota que hizo rebosar el vaso, porque eran ciertas. Ella era débil y nada la protegería de él, nada salvo marcarse un farol.

–Sentía curiosidad, eso es todo. Además, hacía tiempo que no...

–¿Te has estado reservando, *cara*?

El tono de su voz le urgía a asentir y a declarar que no había habido nadie más después de él. ¿No estaría encantado? Carys se sintió llena de furia, de ira ante el hombre que le había arrebatado la inocencia, el amor y la confianza y que creía que podía volver a tenerla simplemente chasqueando los dedos.

–No –mintió y apartó la mirada. La tenía subyugada. ¿Qué sería necesario para que dejara de perseguirla? La desesperación la llevó a soltar lo primero que se le ocurrió.

—He discutido con mi novio y...

—¿Tu novio? —gritó él—. ¿Lo echabas de menos? ¡No me irás a decir que estabas pensando en él hace un momento!

—¿Por qué no?

—No te creo.

Pero había sembrado en él la semilla de la duda, lo cual era evidente por su repentina palidez. Carys experimentó una leve sensación de triunfo. Tal vez pudiera finalmente protegerse de él.

—Puede creer lo que quiera, conde Mattani.

—No uses el título conmigo —le espetó él—. No soy un desconocido —al ver que ella no respondía sino que daba algunos pasos más hacia el vestíbulo, añadió en tono de desaprobación—: No pensarás salir con ese aspecto.

Estaba despeinada, descalza y medio vestida. Tenía los labios hinchados por la intensidad de la pasión compartida y los pezones se le notaban desvergonzadamente a través de la blusa. Cualquiera que la viera sabría lo que había hecho. Tenía que elegir: o salir de forma ignominiosa de la suite con aspecto de libertina o hablar con Alessandro. Antes de que él pudiera dar un paso, le dijo:

—Ya verás.

Alessandro estaba en la terraza de la suite mirando la calle y a las personas que iban a trabajar. Era la hora punta de la mañana, y él ya llevaba trabajando varias horas. Solía empezar temprano y acabar tarde. Pero esa mañana... Se pasó una mano por el pelo, enfadado. Había dormido incluso menos de lo habitual, acosado por sueños tentadores de miembros entrelazados con los suyos, de ojos azules que lo invitaban a la satisfacción sexual. Cada vez que se había despertado, sudando, jadeante y totalmente excitado, lo había hecho porque, en el sueño, Carys huía en vez de permitirles la satisfacción que ambos anhelaban.

Se pasó la mano por la cara recién afeitada. Incluso en sueños, ella se negaba. No podía creerse que se hubiera marchado, sobre todo después de percibir el deseo que había en ella, tan devorador como el suyo. Era un milagro que la ropa de ambos no se hubiera desintegrado debido al ardor de su pasión. ¿Sería una táctica para provocarlo, para hacer que quisiera más y después dejarlo lleno de deseo? ¿Qué esperaba ganar con ello? Negó con la cabeza. Ninguna mujer era tan buena actriz. Además, él se sabía todos los trucos que empleaban las mujeres que se dedicaban a maquinar, y Carys no había fingido la excitación. De ninguna manera: a él lo había deseado. Entonces, ¿por qué lo negó?

Tenía que haberse tomado las cosas con calma en vez de dar rienda suelta a su deseo. La noche anterior no había actuado racionalmente. La había asustado. Se leía la desesperación en sus ojos mientras retrocedía hacia la puerta, e incluso le pareció que le brillaban en exceso. Sintió una punzada de remordimiento y frunció el ceño. Su equipo de seguridad le había asegurado que ella había llegado a casa sana y salva, sin darse cuenta de que la seguían. Pero se sentía culpable: había huido por su culpa.

Se volvió a pasar la mano por la cara. No recordaba haber actuado antes de forma tan irreflexiva. ¿Se había comportado con ella siempre así? La pregunta lo fascinaba, pero desconocer la respuesta le ponía furioso. Estaba muy cerca, pero las respuestas continuaban siéndole esquivas.

El sonido del teléfono móvil interrumpió sus pensamientos. Era Bruno, el jefe de seguridad, para informarle de los movimientos de Carys aquella mañana. Alessandro le dio una orden y, quitándose el teléfono de la oreja, esperó a que llegara la imagen que Bruno le enviaba. Ahí estaba. Carys con el traje oscuro que ya conocía. Pero lo que le llamó la atención fue el bulto que llevaba en los brazos: un bebé. ¡Carys tenía un hijo! Alessandro se quedó sin respiración mientras miraba la imagen, incrédulo. ¿De quién era? ¿Del novio del que se había separado? ¿De otro hombre? ¿De un amante duradero o de uno pasajero?

Sus turbulentos pensamientos le produjeron dolor al principio, pero, después, experimentó otra emoción que amenazaba con ahogarlo: furia, ira porque ella hubiera estado con otro hombre. No le importaba cómo o por qué ellos dos se hubieran separado porque todos sus instintos le decían que Carys le pertenecía. ¿No había quedado claro después de la noche anterior? La intensidad de su pasión convertía en insignificante cualquier otra relación.

Había ido a buscar respuestas, pero se había dado cuenta de que no le bastaban. También quería a Carys durante el tiempo que la atracción entre ellos durara. Verla cómo llevaba en brazos al hijo de otro lo quemaba por dentro, y eso hubiera debido curarlo de la lujuria. Pero, en lugar de ello, experimentó la irrefrenable necesidad de descubrir la identidad del padre y destrozarle la cara.

Capítulo 4

CARYS se envolvió en el abrigo al salir del hotel por la salida de servicio. Era de segunda mano y le servía para combatir el frío de Melbourne, pero le estaba grande y no la protegía del todo. Al mirar el cielo encapotado, aceleró el paso para no mojarse. Si tenía suerte, el tren sería puntual y llegaría a casa a una hora razonable. Deseaba estar tranquilamente con Leo; después, darse un largo baño, acostarse y dormir profundamente, aunque sabía que lo más probable era que se pasara la noche en vela, dando vueltas en la cama.

Había estado todo el día como atontada, trabajando como una autómata salvo cuando la vista de un hombre alto y de pelo oscuro o una llamada inesperada le helaba la sangre. Había esperado que él fuera a buscarla. Si no la noche anterior, cuando lo había dejado en la estacada, al día siguiente. Él sabía dónde trabajaba. Carys tuvo el presentimiento de que estaba esperando el momento oportuno.

Lo único que podía querer era a Leo, a su precioso hijo. ¿Qué otra cosa podía haberle hecho viajar desde Italia? Y un hombre con sus recursos conseguía todo lo que quería. No se hacía ilusiones de que estuviera allí por otros motivos. Para él, la noche anterior sólo había supuesto una oportunidad de tener sexo. Le debía de pesar la ausencia de su esposa.

Sintió un sabor amargo en la boca, la invadió la vergüenza y bajó la cabeza. ¡Ni siquiera se había acordado de que estaba unido a otra mujer! Su presencia la había retrotraído a una época en que ella era suya, en cuerpo y alma, en que creía que él era suyo. Antes de que se casara con aquella heredera de sangre azul. Sintió pesar al darse cuenta de lo cerca que había estado de unir su estupidez a una acción que hubiera destruido sus principios. Estaba furiosa y decepcionada; con él, por haberla utilizado para satisfacer sus necesidades físicas, por no ser el hombre honorable que creía; consigo misma, por haber dejado a un lado su orgullo y sus principios al dejar que la abrazara. Pero era la última vez que hacía el ridículo. Además, él había renunciado a sus derechos al...

Un hombre se interponía en su camino. Trató de esquivarlo, pero él se movió al mismo tiempo obligándola a detenerse. Carys le miró la cara morena y el pelo entrecano. Estaba segura de haberlo visto antes.

–*Scusi, signorina*. Por aquí, por favor.

Carys se dio la vuelta y vio una limusina con los cristales tintados y la puerta de atrás abierta. Se le aceleró el pulso al ver unas largas piernas masculinas en el interior. Lo único que le faltaba era estar en un espacio tan reducido con Alessandro Mattani.

–¿Es una broma? –murmuró mientras retrocedía.

El italiano se le acercó más para conducirla hacia el vehículo. Ella se negó a moverse. Miró a su alrededor con la esperanza de que la calle estuviera llena de gente, pero las pocas personas que había corrían en busca de refugio porque comenzaban a caer gruesas gotas.

–¿Por qué no te montas antes de que os empapéis los dos? –preguntó una voz fría desde la limusina.

–Prefiero empaparme a montarme en un coche contigo.

–Me parece que eres una egoísta al obligar a Bruno a sufrir tu misma suerte a causa de tu orgullo.

El hombre se movió. Carys lo miró mientras se preguntaba si tendría alguna posibilidad de huir. Tenía la constitución de un jugador de rugby y la falta de expresión de su cara era la que correspondía a un guardaespaldas de alguien rico y famoso.

—No te dejes impresionar por su aspecto, Carys —prosiguió la voz desde el interior de la limusina—. Está débil porque acaba de tener bronquitis. Y no me gustaría que sufriera una recaída. Y a ti tampoco haber sido la causante —Alessandro se había deslizado hasta el borde del asiento y la miraba con expresión inescrutable—. Su esposa me despellejaría vivo si volviera a casa con neumonía.

A pesar de la furia que sentía, Carys estuvo a punto de sonreír. En otra época, el sentido del humor de Alessandro había sido una de las cosas que la había atraído de él. Casi lo había olvidado.

—Creía que tu estilo era más el chantaje o las amenazas que apelar a mi conciencia —se burló ella mientra la lluvia se le colaba por el cuello del abrigo. Pero no se inmutó.

Alessandro le dijo algo a Bruno y éste se apartó de ella. Antes de que pudiera salir corriendo, Alessandro dijo con suavidad:

—Siento lo de anoche, Carys. No estaba en mis planes.

Esperó a que ella le respondiera, pero Carys se negó a hacerlo. Si él consideraba que aquello era una disculpa, tenía mucho que aprender. Se mantuvo rígida ante sus ojos escrutadores y pensó que, bajo la falta de expresión de su cara, se ocultaba una ira tan grande como la suya. Pues peor para él. Alzó la barbilla con decisión.

—Pero, si eso es lo que quieres, estoy seguro de que a la dirección del hotel le interesarán las imágenes de anoche de la cámara de seguridad del vestíbulo de la suite presidencial y las del ascensor. Si las revisan, les resultarán de lo más esclarecedoras.

—¡No te atreverás! —se quedó sin respiración, como

si le hubieran dado un golpe. En la cinta se la veía saliendo de la suite de madrugada como si fuera una... una...

–¿Eso crees? Estoy seguro de que desaprueban que los empleados ofrezcan servicios «personales» a los huéspedes.

–No te estaba ofreciendo un servicio...

–Da igual lo que estuvieras haciendo, Carys. Lo único que importa es lo que indican las pruebas –se recostó en el asiento con un brillo petulante en la mirada.

Si alguien decidía ver las imágenes, la despedirían. Se estremeció, pero no a causa del frío de la lluvia. Necesitaba ese trabajo para mantener a Leo. Era difícil conseguir un buen puesto si no se estaba cualificado. ¿Cumpliría Alessandro la amenaza? En otro tiempo creyó que lo conocía, confió en él e incluso pensó que se estaba enamorando de ella. ¡Qué ingenua había sido! Había aprendido por las malas a no confiar en sus juicios sobre él, que lo mejor era suponerlo capaz de cualquier cosa para salirse con la suya. Era su enemigo y ponía en peligro la vida que había comenzado a crear, su independencia e incluso a su hijo.

–¿Qué quieres?

–Hablar. Tenemos un asunto pendiente –no esperó a que ella contestara, sino que le hizo sitio en el asiento.

¿Un asunto pendiente? ¿Así era como definía a un niño pequeño? Se sintió sin fuerzas, pero tenía que enfrentarse a Alessandro y tratar de mantener cierto control de la situación. Se dirigió hacia el vehículo con paso vacilante, se montó y se sentó en un asiento de cuero que parecía recién salido de la fábrica. Sólo lo mejor valía para el conde Mattani. Y en ningún caso, a ella, una madre soltera corriente y sin pizca de glamour, se la consideraría «lo mejor». Alessandro se lo había dejado muy claro en Italia. Pero ¿había decidido que su hijo era otra historia?

La puerta de la limusina se cerró y ella cerró los ojos. Ya no había escapatoria posible. Se abrochó el cinturón y miró de reojo a Alessandro, que no parecía contento a pesar de haber conseguido que subiera al coche. Su inquietud aumentó: estaba en clara desventaja con respecto a él. No se dignó a preguntarle adónde iban. Si no quería hablar, le seguiría la corriente, lo cual le daría tiempo para hacer acopio de todos sus recursos.

Al mirar hacia delante mientras trataba de controlar sus pensamientos, vio la nuca de Bruno. Y, de repente, lo reconoció.

—¡Anoche estaba en mi calle! —exclamó Carys mientras se echaba hacia delante para asegurarse. Mientras recorría su calle de madrugada hacia su casa, había vacilado al ver a un hombre con vaqueros y cazadora de cuero delante de ella. Parecía esperar a alguien, pero comenzó a andar en dirección contraria. Ella aceleró el paso—. Bruno, tu guardaespaldas, estaba anoche frente a mi casa —al ver que Alessandro no contestaba se volvió hacia él, furiosa—: Ni siquiera te molestas en negarlo.

—¿Por qué iba a hacerlo?

—¿Le dijiste que me siguiera? —Alessandro ya había investigado sus datos personales y, después, había enviado a su guardaespaldas a espiarla. No tenía escrúpulos a la hora de invadir la intimidad ajena.

—Por supuesto —la miró con frialdad, como si se preguntara a qué venía tanto alboroto—. Era tarde. Tenía que asegurarme de que llegaras bien.

La explicación le cortó la respiración y se recostó en el asiento.

—¿Tratabas de protegerme?

—Estabas sola en la calle a una hora en que deberías estar en casa.

Le hablaba como a una adolescente que necesitara la guía paterna, no como a una mujer de veinticinco años con un hijo al que mantener. Pero no se indignó, sino que sintió un calor interior, una chispa de placer al saber que le importaba lo suficiente como para preocuparse de su seguridad. En otra época se había sentido encantada por cómo la cuidaba, por cómo le demostraba su naturaleza protectora. Hasta que se dio cuenta de su error. Lo que le había parecido preocupación por ella había sido su forma de mantenerla aislada, separada del resto de su vida, una táctica deliberada para que ella no se diera cuenta de que la estaba utilizando.

–Soy totalmente capaz de cuidar de misma. Ya lo hacía antes de que aparecieras –estaba orgullosa de lo que había logrado. Al llegar a Australia, tenía el corazón destrozado y había perdido la seguridad en sí misma. Ni siquiera había planeado ir a Melbourne, pues, debido al estado en que se hallaba, se limitó a subirse en el primer avión que salió. Y había construido una nueva vida para Leo y para ella, y trabajaba mucho para lograr la seguridad económica que necesitaba.

–¿Ah, sí? –preguntó él en tono escéptico mientras le lanzaba una mirada glacial–. ¿Crees que vives en un barrio adecuado para criar a un niño?

Todos los músculos del cuerpo de Carys se tensaron. Habían llegado al quid de la cuestión. Creyó que la acusaría de ser una mala madre y que exigiría sus derechos. Pero él permaneció callado.

–El piso es soleado y cómodo, y puedo pagarlo –no era acertado aludir a su falta de dinero, pero, sin duda, él ya lo sabía. Había estado trabajando hasta ponerse de parto, pero se había gastado sus escasos ahorros en los meses posteriores al nacimiento de Leo. Si no hubiera sido por el dinero que le había enviado su padre, no habría podido salir adelante. Después, gracias a su puesto en el hotel, llegaba a fin de mes, aunque la mayor parte del sueldo se le iba en las necesidades de su hijo y el alquiler.

–¿Y el sitio en el que está? El barrio se está convirtiendo en un centro de tráfico de drogas y prostitución –apuntó él sin molestarse en ocultar su desaprobación.

–Las noticias exageran –mintió ella sin querer reconocer que había mencionado uno de sus miedos. Unos días antes se habían vuelto a encontrar jeringuillas en el parque, y había decidido que, a pesar de las amistades que había hecho, buscaría otro sitio para criar a Leo.

–Si tú lo dices –replicó él en tono aburrido.

Carys se sintió desconcertada cuando él no aprovechó la ocasión para criticarla por su incapacidad para cuidar al niño y para plantearle la custodia compartida. Pero a Alessandro parecía no interesarle y ella sintió renacer la esperanza. Pero, si no estaba allí por el niño, ¿qué quería de ella?

Alessandro trató de calmarse. Estaba furioso desde que había recibido el informe aquella mañana, y su furia se debía a que Carys viviera en ese barrio, a que estuviera con un hombre que se negaba a cuidar de ella y su hijo, y a que él, Alessandro, se preocupara por ella. Se maldijo por su estupidez. Ella lo había dejado en la estacada y había seguido con su vida. Él debiera hacer lo mismo. Su dignidad y su honor así se lo exigían. Y lo haría cuando averiguara todo lo que quería saber sobre aquellos meses en blanco. Sin embargo, la sensación de conexión íntima persistía y era más intensa que la fría lógica alrededor de la cual giraba su vida.

A pesar de la antipatía que Carys sentía por él y del hecho de que tuviera un hijo de otro hombre, no conseguía eliminar el sentido de posesión que lo invadía cuando estaba con ella y que lo consumía. Nunca había experimentado un sentimiento igual. Quería odiarla por la desacostumbrada debilidad que provocaba en él. Pero las manchas violáceas que Carys tenía debajde de los ojos atrajeron su atención. Se necesitaba más de una noche sin dormir para que aparecieran.

Experimentó una opresión en el pecho al darse cuenta de lo pálida que estaba. La noche anterior había visto que estaba fatigada, pero se hallaba demasiado abrumado por su propia reacción ante ella para percatarse de que se hallaba exhausta. Estaba impaciente por resolver el enigma que lo perseguía y muy ocupado perdiéndose en las curvas de ella para reconocer hasta qué punto Carys era vulnerable. Sintió remordimientos por haber dado rienda suelta al deseo sexual que cobraba vida cada vez que ella estaba cerca.

—¿Dónde está tu novio? ¿Por qué no te ayuda? —le espetó, sorprendido ante sus propias palabras. No acostumbraba a manifestar lo que pensaba.

Ella lo miró con ojos apesadumbrados y él supo de modo instintivo que le ocultaba algo.

—Estoy bien sola. No necesito que nadie...

—Claro que lo necesitas. No deberías vivir en esta zona con un niño —echó una breve ojeada al barrio venido a menos—. Tu novio debería ayudarte.

Ella siguió en silencio. Alessandro sintió un deseo, poco habitual en él, de discutir acaloradamente; él, que era el rey de la ecuanimidad, un maestro a la hora de sublimar emociones inútiles y de perseguir sus metas con obstinación. ¡Aquella mujer lo alteraba! Las últimas veinticuatro horas habían sido una montaña rusa de sentimientos desconocidos que se burlaban de su control habitual.

—¿Quién es, Carys? ¿Por qué lo proteges?

—¡No protejo a nadie! —murmuró ella—. No hay nadie. Lo que te dije...

—Me dijiste que habíais discutido, pero eso no justifica que abandone a su hijo y a su madre —sintió una cólera terrible al pensar en que otro hombre había dejado a Carys embarazada—. ¿Es alguno de tus compañeros de trabajo?

–No seas absurdo.

No había nada absurdo en ello. Trabajar juntos provocaba intimidad. Él mismo había tenido que trasladar a su secretaria por tomar su relación laboral por otra cosa, y había perdido la cuenta de las empleadas y socias que habían creído que el trabajo era la vía perfecta para metérsele en la cama.

–¿Está casado? ¿Es eso?

Carys observó su rostro encendido y trató de luchar contra la sensación de irrealidad que la invadía. Parecía verdaderamente perplejo. Negó con la cabeza como si quisiera despejársela.

–No hay ningún hombre en mi vida –Carys vaciló–. Me lo inventé para que me dejaras en paz.

–Claro que lo hay, no lo niegues.

–¿Me estás llamando mentirosa? –su negativa a aceptar su palabra reabrió una herida nunca cerrada. Tampoco la había creído en otro tiempo. ¿Por qué iba a ser diferente en aquellos momentos? El dolor se mezcló con la furia.

–Ahórrame el espectáculo de tu inocencia –dijo él con desdén–. No te quedarías embarazada tú sola. ¿O quieres decir que fue una inmaculada concepción?

–¡Canalla! –explotó y le dio una bofetada. Pero, de pronto, se dio cuenta de lo que implicaban sus palabras y se sintió aliviada: Alessandro no estaba allí para llevarse a Leo. ¡Claro que no! Había mostrado su desinterés y desaprobación desde el principio y le había dejado claro que ni el niño ni ella eran lo bastante para él y su círculo de amigos. ¿Por qué creyó que Alessandro había cambiado? ¿Por qué una parte de ella seguía pensando estúpidamente que era el hombre idealizado del que se había enamorado? Era como si le hubiera arrebatado cruelmente la última brizna de esperanza–.

Eres de lo que no hay, Alessandro. No debía haber creído que habías cambiado.

–¿Cambiar? ¿Yo? –preguntó él, asombrado.

–Sí, tú, cobarde –Carys se llevó la mano al estómago en un intento de contener las náuseas–. Después de todo este tiempo te niegas a reconocer a tu hijo.

Capítulo 5

CARYS estaba loca, o tramaba algo. Alessandro vio cómo le brillaban los ojos. ¿Se había dado cuenta de que la había agarrado por la muñeca al abofetearlo y de que se la seguía teniendo sujeta? No parecía darse cuenta de nada salvo de su propia furia. A él le ardía la mejilla y su orgullo exigía un castigo inmediato. Nadie, ni hombre ni mujer, lo insultaba. Pero se controló. No quería recurrir a la violencia tratándose de una mujer. Y lo más importante: tenía que saber qué tramaba con sus acusaciones.

–No seas absurda. No tengo ningún hijo –eso era algo que no hubiera olvidado, a pesar de las heridas. Además, siempre había tomado precauciones para evitar reclamaciones de paternidad. Le gustaban las relaciones cortas, lo cual no implicaba que pusiera en peligro su salud ni el honor de su familia.

–Deja de fingir, Alessandro –dijo ella entre dientes–. Puede que a otros les impresiones, pero a mí no... Dejaste de hacerlo el día en que te abandoné.

–¿Estás enfadada porque nuestra relación terminó? –a las mujeres no les gustaba saber que su puesto en la vida de él era temporal. Con frecuencia aspiraban a convertirse en la condesa Mattani. Pero él no se hacía ilusiones sobre el matrimonio. Lo consideraba un deber para que continuara el apellido familiar, un deber que se alegraba de posponer.

–Después de saber cómo eras, no me habría quedado aunque me hubieras pagado –respondió Gladys tras reírse sin ganas.

Tal vehemencia, semejante odio eran algo desconocido para Alessandro. La sorpresa lo recorrió como una descarga eléctrica. Carys no se parecía a nadie ni a nada de su ordenada vida. Y lo fascinaba.

–¿Qué pasa con el niño?

–Olvídalo –murmuró ella con desdén al tiempo que giraba la cabeza.

Ella trató de que le soltase la mano, pero se la tenía agarrada con fuerza, pues no estaba dispuesto a que volviera a pegarle. Le agarró la otra.

–No puedo olvidarlo –le tiró de las manos para que lo mirara y tuvo que hacer un esfuerzo para no fijarse en cómo su respiración entrecortada le resaltaba los senos–. Dímelo.

Ella lo miró y se pasó la lengua por los labios. Inmediatamente, Alessandro se sintió invadido de deseo, simplemente por eso. La prontitud de su reacción lo hubiera dejado anonadado si no tuviera la experiencia de la noche anterior. Cualquiera que fuera el secreto de su atractivo femenino, él reaccionaba con cada átomo de testosterona de su organismo.

Vio que ella vacilaba y mantuvo su expresión inescrutable mientras le observaba los labios rojos que lo invitaban de modo inconsciente a lanzarse sobre su boca.

–No hay nada que contar –lo miró con agresividad–. Tienes un hijo, cosa que ya sabes. ¿Por qué me haces repetirlo?

–Quiero saber la verdad, si no es mucho pedir –la ira explotó tras su fachada de tranquilidad contra aquella mujer que le había vuelto la vida del revés. No recordaba haber sentido tanta furia, pero ninguna mujer le había lanzado semejante acusación. Además, cualquier hombre se volvería loco por la frustración de no conocer el propio pasado.

–¿Es mucho pedir que dejes de aplastarme las manos? –preguntó ella alzando la barbilla.

La soltó de inmediato. No era su intención hacerle daño, lo cual era otro indicio de que su capacidad de controlarse estaba a punto de hacerse pedazos.

–Gracias, te prometo no volver a pegarte. No lo he hecho a propósito –miró por la ventanilla–. Hemos llegado –dijo con rapidez y evidente alivio.

–Acabaremos de hablar en tu casa.

–No estoy segura de querer que subas –contraatacó ella.

–¿Crees que quiero hacerlo? –pero tenía que rellenar lagunas y acabar con la desagradable sensación de que en su vida le faltaba algo. Además, aquella estupidez de que era padre tenía que acabar.

Bajaron del coche. Él tenía los músculos rígidos, como si hubieran sufrido un calambre durante el trayecto. Miró a su alrededor: los grafitis ensuciaban la pared del edificio de enfrente y las ventanas tenían barrotes. Carys entró rápidamente en un feo edificio sin mirar atrás. Él dio un paso hacia delante.

–*Signor Conte* –le dijo Bruno–. Durante el trayecto hasta aquí he recibido las respuestas a las preguntas que he hecho esta mañana, pero no he querido interrumpir su conversación con la *signorina*.

Alessandro dejó de prestar atención a sus furiosos pensamientos y se la dedicó al guardaespaldas. Tuvo la sensación de que aquello no le iba a gustar.

–¿Y?

–No hay certificado de matrimonio. La *signorina* Wells es soltera.

Así que no se había molestado en casarse con el padre de su hijo. Alessandro se metió las manos en los bolsillos negándose a analizar las emociones que la noticia le provocaba.

–¿Algo más?

–El nacimiento tuvo lugar aquí, en Melbourne, hace algo más de un año.

–¿Qué más detalles has averiguado?

—El nombre de la madre es Carys Wells, recepcionista, que vive en esta dirección —Bruno señaló el edificio de ladrillo rojo.

—¿Y qué más? —se le había puesto la piel de gallina.

—El nombre del padre que figura es Alessandro Leonardo Daniele Mattani, de Como, Italia.

A pesar de que casi lo estaba esperando, cada palabra resonó en su interior como un mazazo.

Su nombre, su identidad, su honor. ¡Maldita fuera por haberlo utilizado de aquella forma! Se había apropiado de su apellido y lo había arrastrado por el barro. ¿Qué esperaba conseguir? ¿Dinero? ¿Una posición? ¿Un poco de respetabilidad a pesar de que su hijo hubiera nacido fuera del matrimonio? ¿Pero por qué no se lo había dicho abiertamente si lo que pretendía era su dinero? ¿Estaba esperando el momento más propicio? ¡Como si lo hubiera para semejante plan!

—Espera aquí —le gritó a Bruno y se dirigió hacia el edificio sin esperar respuesta. No veía con claridad. Lo impulsaba la necesidad de castigar a Carys. Aquello ya era mucho más que curiosidad, más incluso que la vuelta a la vida del instinto sexual que llevaba adormecido desde que se había despertado en el hospital veinticuatro meses antes. Carys había ido demasiado lejos al mancillar su honor. Tendría que pagar por ello.

Carys sólo había tenido tiempo de recoger a Leo en casa de la vecina y dejarlo en la cama sin despertarlo cuando llamaron a la puerta. Miró la tranquila expresión de su hijo y sintió un intenso deseo de protegerlo. No había tenido tiempo de decidir cómo iba a enfrentarse a Alessandro. Pero ¿por qué se engañaba? Siempre la había dominado. Incluso en aquel momento, cuando casi lo odiaba, no se hacía ilusiones al respecto: no se libraría de él hasta resolver aquel asunto.

Contra su voluntad, se dirigió a la puerta con paso

vacilante. Su ira se había evaporado y estaba nerviosa y exhausta. Abrió la puerta. Alessandro estaba allí y despedía una energía peligrosa que la envolvió y la dejó sin respiración. Los ojos le brillaban con la misma furia que sólo le había visto una vez en el pasado, el día que le había dicho con educada frialdad que estaba abusando de su hospitalidad. Trató de reunir fuerzas para hacerle frente.

Él entró a la cocina-comedor sin decir palabra y sin rozarla, lo cual era toda una hazaña teniendo en cuenta el tamaño de la entrada. Ella hizo una mueca mientras cerraba la puerta. Estaba claro que en aquel momento no soportaba tocarla porque ella le había reprochado su conducta. ¡Qué diferencia con respecto a la noche anterior! Se puso colorada de vergüenza al recordarlo.

–Has utilizado mi apellido para el bastardo de tu hijo –le espetó con desdén y furia.

Pero la respuesta de Carys no le fue a la zaga.

–¡No vuelvas a hablar así de él!

–¿Qué? ¿Me vas a decir que estás casada?

–¡No! ¿Por qué iba a buscar marido cuando el padre de mi hijo nos había rechazado a los dos?

–Por la misma razón –dijo él mientras se inclinaba hacia delante para intimidarla– por la que mentiste al hacer que figure como su padre en el certificado de nacimiento: para tratar de lograr cierto grado de respetabilidad o de ayuda económica.

La ironía de la acusación la impactó con fuerza. De haber esperado ayuda de cualquier tipo por parte de Alessandro, se hubiera equivocado de plano.

A pesar de la debilidad que experimentaba por aquel hombre bello y arrogante, si se trataba de su hijo no se dejaba avasallar. Se puso en jarras y lo miró con la misma hostilidad que él la miraba.

–Lo hice por Leo, que tiene derecho a conocer quién es su padre.

–¿Es que no tienes vergüenza?

–Sólo me avergüenza haber sido lo suficientemente estúpida como para... –se detuvo a tiempo. No quería que se burlara de ella si reconocía los sentimientos que había tenido por él–. Creer en ti.

–¿Leo? Le has puesto el nombre de...

–Tu padre, Leonardo –vaciló al darse cuenta de la estupidez sentimental que había sido elegir un nombre de su familia, pero quería que Leo tuviera un vínculo con ella, a pesar de que lo hubiera rechazado. ¿Había pensado en secreto que a Alessandro le gustaría que el niño se llamara como su difunto padre? ¡Cuánto se había equivocado!

–Te has atrevido a...

–No me arrepiento de lo que he hecho. Tendrás que acostumbrarte, Alessandro.

Se oyó un quejido apagado. Inmediatamente, Carys se dio la vuelta y se apresuró hacia el dormitorio que compartía con Leo. Lo tomó en sus brazos, lo apretó contra sí y cerró los ojos mientras sentía la calma y alegría que siempre le producía abrazarlo.

–Mamá –el niño alzó una mano y le acarició la cara.

–Hola, cariño. ¿Te lo has pasado bien hoy?

–Mamá –repitió el niño sonriendo. Entonces algo detrás de su madre captó su atención y la sonrisa se le evaporó. Carys no tuvo que darse la vuelta para saber que Alessandro estaba en la habitación. Se quedó paralizada. Había soñado durante mucho tiempo que él fuera a buscarlos, que reconociera que se había equivocado y que estaba destrozado por el dolor que les había causado. Ella lo hubiera perdonado y a él, con sólo mirar a Leo, se le hubiera derretido el corazón, como a ella la primera vez que lo vio. Pero eso no iba a suceder. Alessandro no los quería a ninguno de los dos.

Carys se estremeció de miedo. No soportaría que Alessandro descargara su ira en Leo. Abrazó al niño con más fuerza, pero él se echó a un lado tratando de ver a Alessandro.

—Mamá.

—No, cariño. No es mamá —durante una fracción de segundo sintió el irrefrenable deseo de decirle que era papá, pero no quería que Alessandro se pusiera más furioso. Se dio la vuelta. Si él se atrevía a hacer un comentario despectivo...

Pero no tenía que preocuparse. La arrogancia y la ira masculinas habían desaparecido. Alessandro estaba inmóvil y miraba a Leo con el ceño fruncido, como si nunca hubiera visto a un niño. Carys le echó el pelo hacia atrás, pero él no le prestó atención pues la tenía toda centrada en el hombre que negaba ser su padre.

Leo tenía el pelo y los ojos de Alessandro. Carys observó que éste cerraba los puños, pero seguía mirando al niño.

—¿Cuántos años tiene? —preguntó con voz ronca.

—Cumplió uno hace seis semanas.

—¿Nació prematuro?

—No, nació a su debido tiempo. ¿Por qué me haces todas esas preguntas?

Leo se movió de repente. Se retorció en brazos de su madre y se lanzó con todas sus fuerzas hacia delante como si quisiera salvar la distancia entre Alessandro y él.

—¡Mamá! —abrió y cerró las manos como si tratara de agarrar al hombre que estaba frente a él.

Pero éste no se movió. A Carys se le encogió el corazón al ver a su hijo echando los brazos a su padre, pues estaba condenado al fracaso, ya que éste nunca lo reconocería ni lo querría, como tampoco a ella.

El dolor que le oprimía el pecho le impedía respirar, pero se sintió más libre que en los dos años anteriores. Estaba segura de que, con el tiempo, las heridas cicatrizarían. Mientras tanto, tenía que proteger a Leo del dolor de saber que su padre no lo quería. Se inventaría algo para explicar su ausencia. Y a Leo nunca le faltaría amor y atención, al contrario de lo que le había sucedido a ella. Lo abrazó con más fuerza y el niño se quejó.

—Sí, cariño. Lo siento. ¿Tienes hambre? —dio un paso hacia la puerta sin hacer caso de Alessandro—. Vamos a comer, ¿quieres?

Alessandro parecía clavado en el sitio y tardó unos segundos, que a ella le parecieron interminables, en dejar que pasara. Carys se dirigió a la cocina, pero la voz de él la detuvo.

—Dime cómo te quedaste embarazada.

Ella se dio la vuelta preguntándose si bromeaba. Alessandro miraba fijamente a Leo.

—Alessandro, no sé a qué juegas, pero estoy harta —le espetó furiosa—. Déjalo ya.

—No, Carys. Acaba de empezar, porque, de lo único que estoy seguro, es de que nos vimos por primera vez ayer por la noche.

Capítulo 6

ASÍ QUE eso es todo? Nos conocimos en los Alpes, donde trabajabas en una estación de esquí. Tuvimos una relación y te invité a que volvieras conmigo a mi casa −Alessandro habló en tono neutro, con la misma falta de emoción con la que hubiera leído un informe de su empresa, cuando lo que estaba haciendo era repetir lo más desconcertante que había oído en su vida.

La idea era completamente absurda. Nunca había invitado a ninguna mujer a vivir en su casa. Se imaginaba que la única a la que invitaría sería a su futura esposa, a la que aún no había conocido. Se había pasado toda su edad adulta asegurándose de que las mujeres con las que salía comprendieran que no le interesaba una relación profunda y duradera, que era el modo en que ellas denominaban la caza de un hombre rico y con la suficiente ingenuidad para creer que lo querían por su carácter o personalidad.

−Vivimos juntos, pero no funcionó y te volviste a Australia −continuó él mientras observaba que ella evitaba su mirada−. Descubriste que estabas embarazada y llamaste a casa muchas veces, llegaste a hablar con mi madrastra y la consecuencia fue que creíste que no quería tener nada más que ver contigo.

−Más o menos.

Su forma de responder avivó en él los restos de la ira que lo había invadido antes. ¿No se daba cuenta de lo vital que era aquello? Apretó los puños. Detestaba la idea de decirle a una desconocida que había perdido la memoria, aunque fuera una desconocida con la que había tenido relaciones íntimas. Lo habían educado para no mostrarse vulnerable, ni para sentirse así, por lo que no era de extrañar que estuviera tan desasosegado. Sus certezas, su sentido del orden y su comprensión de la situación se tambaleaban, y él estaba acostumbrado a controlarlo todo.

Carys seguía sin mirarlo mientras daba de comer al niño. Alessandro la miraba a ella, más que a su hijo. Los grandes ojos verdes del niño, tan parecidos a los suyos, lo inquietaban. Y no era normal que Leo no dejara de mirarlo. El niño no era suyo: si tuviera un hijo, lo hubiera sabido.

Siempre había tenido cuidado en lo referente a medidas anticonceptivas. Tendría hijos a su debido tiempo, cuando conociera a la mujer adecuada, que sería inteligente, elegante, sexy y que se sentiría a gusto en su mundo. No se aburriría de ella a las dos semanas, como le sucedía con la mayor parte de las mujeres.

Carys inclinó la cabeza y el niño le agarró un mechón de pelo que se le había salido del moño. Alessandro sintió una opresión en el pecho al mirarla. Y al mirar a su hijo.

¡No! Se negaba a sentir nada que no fuera desagrado porque la historia que ella le había contado no le había reavivado la memoria. Seguía habiendo un vacío en su cerebro que lo ponía furioso.

Carys se dio la vuelta y levantó al niño por encima de su cabeza y, al hacerlo, la blusa se le ciñó completamente al cuerpo. Alessandro sintió una oleada de calor en el bajo vientre. Al menos una cosa estaba clara: su sentido de posesión cuando la miraba. Había sido suya, y si su historia era cierta, habían tenido una relación distinta a todas las que él había mantenido. La había deseado tanto y había confiado en ella hasta tal punto que la había instalado en su casa.

¡Era increíble! Pero resultaba muy fácil comprobarlo. ¿Había planeado tenerla como amante a largo plazo? La idea le resultó fascinante. Al observar la tela de la falda que le moldeaba los muslos y la blusa de fino algodón resaltándole los senos, la idea no le pareció tan absurda como debería. Si no fuera por el niño, habría retomado las cosas en el punto en que las habían dejado la noche anterior.

De pronto comenzaron a dolerle las sienes mientras se esforzaba por recordar. Aunque en general se encontraba bien, de vez en cuando le volvían los dolores de cabeza, una secuela del pasado.

–¿Te encuentras bien?

–Perfectamente –dijo quitándose la mano de la sien. Observó la mano regordeta de Leo que palmeaba el pecho de su madre y jugaba con uno de los botones de la blusa. Ella le agarró la mano. Alessandro alzó la vista y vio que Carys se había sonrojado–. No me has dicho por qué nos separamos.

El rubor de las mejillas femeninas aumentó.

–No quiero hablar de eso. No tiene sentido.

–Hazme el favor –murmuró él mientras se inclinaba hacia delante.

¿Qué podía hacer Carys? Su instinto le indicaba que no se marcharía hasta ver satisfecha su curiosidad. Le había creído cuando le dijo que había perdido la memoria. Parecía tan incómodo que supo que era algo que no quería contar. Ella conocía esa clase de amnesia por uno de sus hermanos mayores, que era médico. Y, debido a ella, se explicaba muchas cosas que la habían desconcertado, como el hecho de que Alessandro hubiera recorrido medio mundo en su busca. ¿Qué otro motivo podía tener para llegar a tales extremos? Sobre todo después de haberla plantado sin muchas ceremonias. Se alegró de ser la única que recordaba todos los detalles de la ignominiosa escena.

–¿No te acuerdas de nada?

No tenía sentido preguntárselo, ya que era evidente su falta de conocimiento sobre ella y sobre ambos. Pero le parecía imposible que todo se le hubiera borrado por completo de la memoria. Habían intimado, no sólo físicamente, sino emocionalmente, como almas gemelas, o eso le había parecido en su momento. ¿Cómo era posible que todo aquello hubiera desaparecido? Pues porque lo que habían compartido era menos importante para Alessandro que para ella.

–Mis recuerdos desaparecen varios meses antes de la muerte de mi padre –dijo él en tono seco, lo que indicaba que consideraba la amnesia una debilidad que debiera poder dominar–. No recuerdo haberte conocido –el modo de decirlo implicaba que aún tenía dudas sobre la historia que le había contado–. Esos meses constituyen una laguna en mi memoria. Ni siquiera recuerdo ir conduciendo antes del accidente, sólo que me desperté en le hospital.

Carys se sentó en una mecedora con Leo de pie sobre los muslos mientras le sujetaba por las manos. Era un juego que al niño le encantaba. Y de paso, ella podía dar un descanso a sus piernas temblorosas. Lo que le había revelado Alessandro le había supuesto un golpe terrible. Sentía náuseas y temblaba al pensar en él herido de tanta gravedad que se había quedado amnésico.

–No me has contado cómo fue el accidente –hizo una pausa mientras se preguntaba si se le notaba mucho la preocupación. Trató de no mirar la cicatriz en la sien de Alessandro.

–Iba conduciendo a Milán. El coche patinó en el suelo húmedo cuando giré bruscamente para evitar a otro que conducía por mi carril pero en dirección contraria.

Entonces había sido de camino al despacho. Prefería conducir él mismo porque decía que lo ayudaba a establecer las prioridades laborales de cada día. Y tenía que haber sido poco después de que ella se marchara. ¿Acaso había pensado que su partida alteraría el preciado horario laboral de Alessandro? Su ridícula ingenuidad la seguía dejando perpleja.

–¿Y estás bien? ¿No ha habido más efectos secundarios? ¿No tienes dolores?

A pesar de lo que se dijera a sí misma, no había conseguido eliminar por completo sus sentimientos hacia Alessandro. Debería despreciarlo por cómo la había tratado, pero experimentaba sentimientos encontrados.

–Estoy perfectamente –hizo una pausa tan larga que ella dejó de mirar a Leo y alzó la vista. La miró a los ojos como si viera en ellos su deseo de saber todos los detalles–. Tuve suerte. Sufrí desgarros y un par de fracturas. Me recuperé enseguida. Sólo estuve en el hospital unas semanas. Lo más preocupante fue la pérdida de memoria, pero los especialistas afirman que no hay nada que hacer salvo dejar que la naturaleza siga su curso. No hay más daños cerebrales.

Carys se recostó en la mecedora, aliviada.

–Entiendo.

Aquella extraña conversación no le parecía real, dado su pasado en común. Pensó en las implicaciones de lo que acababa de oír. Aunque él no la recordara, la noche anterior la había seducido con una pasión que había atravesado todas las defensas que tanto trabajo le había costado levantar en los dos años anteriores. ¿Cómo lo había conseguido si ni siquiera la recordaba? ¿Era un amante tan formidable que lograba que todas las mujeres tuvieran la certeza de que lo único que querían era a Alessandro Mattani? La intimidad que había compartido con él, que siempre había considerado especial y maravillosa, ¿era algo que él había tenido con innumerables mujeres?

–¿Y tu esposa? –prosiguió sin poder evitar la amargura de su voz–. Supongo que no está contigo.

–¿Mi esposa? ¡No creerás que estoy casado!

–Estabas soltero cuando me marché, pero te veías con una mujer con la que pensabas casarte, la princesa Carlotta.

Él, por supuesto, sólo se casaría con una de su misma clase, una aristócrata rica. Carys tragó saliva al recordar cómo había hecho caso omiso de las advertencias de la madrastra de Alessandro sobre sus intenciones y sobre el verdadero lugar de ella, un lugar temporal, en su vida, y cómo había basado sus esperanzas en las palabras tiernas y apasionadas que él le susurraba al oído, en el éxtasis de estar con él, de que la amara.

¡No! ¡La única que había amado había sido ella! Él sólo buscaba sexo.

–Parece que lo que quieres decir es que hice algo más que verla –dijo él en tono ultrajado–. Y que lo hice mientras tú y yo estábamos... juntos.

–Así es –apartó la vista de él para fijarla en Leo, que saltaba alegremente en sus rodillas.

–Te equivocas –dijo él sin levantar la voz, pero en tono de advertencia–. Nunca me rebajaría a comportarme de manera tan despreciable –sus miradas se cruzaron; la de él expresaba indignación.

–Recuerda que estaba allí –Carys tomó aire lentamente para controlar los inútiles celos que aún en áquellos momentos resurgían–. Y, al contrario que tú, recuerdo perfectamente.

Se produjo un silencio. Él la atravesó con la mirada, pero ella se negó a retroceder. Aunque él creyera que era incapaz de comportarse así, si recuperaba la memoria, se sentiría decepcionado.

–No tengo que recordar para saber la verdad, Carys. Por mucho que creas que entiendes lo que sucedió entonces, nunca traicionaría a una amante con otra. Nunca he tenido dos a la vez, sería deshonroso.

¡Deshonroso! Carys se contuvo para no soltar una risa amarga. ¿Era honrado tener una amante para compartir la cama con ella y excluirla del resto de su vida porque no era aceptable para sus amigos aristócratas? ¿Utilizarla para acostarse con ella al mismo tiempo que cortejaba a otra mujer? Aunque algo hubiera pasado entre Alessandro y la princesa que había impedido la boda, lo que pretendía él era casarse. Ella había sido una ingenua; alguien para usar y tirar.

Apartó la vista negándose a mirarlo. La herida seguía estando en carne viva.

—Cuando traté de ponerme en contacto contigo para hablarte del embarazo, tu madrastra me dijo que estabas ocupado con los preparativos de la boda y que no tenías tiempo para dedicárselo a una antigua amante.

—¿Livia te dijo eso? —su tono de asombro hizo que ella lo volviera a mirar—. No me lo creo.

Ése era el problema. Tampoco la había creído antes. Su palabra no valía nada frente a la suspicacia de él.

—Francamente, Alessandro. No me importa lo que creas.

—Es verdad que Livia le tiene cariño a Carlotta —murmuró casi para sí mismo—. Y que quiere que me case. Pero ¿que estaba preparando la boda? Nunca llegamos tan lejos.

Carys pensó que su falta de memoria era de lo más conveniente. Ella había tenido la confirmación del compromiso por otra fuente más, pero lo más convincente fue ver a Alessandro con Carlotta. Incluso en aquellos momentos, recordarlo era como si le clavaran un cuchillo en el pecho. La princesa lo miraba con la misma expresión enamorada que Carys había puesto desde el mismo día en que lo había conocido y se la había llevado a la cama. Alessandro tenía a la princesa cerca de sí y le pasaba el brazo por los hombros como si fuera un delicado objeto de porcelana. La miraba a los ojos, totalmente enfrascado en la conversación privada que mantenían, como si fuera la única mujer que hubiera en el mundo; como si no tuviera a una amante esperándole obedientemente en casa.

Carys parpadeó para que evitar que le cayeran las lágrimas que comenzaban a formársele y se centró en las palabras desdeñosas de Livia cuando había llamado por teléfono a Alessandro para contarle lo del embarazo.

«Alessandro hará lo que sea necesario para la manutención del niño, si es suyo. Pero no esperes que se ponga en contacto contigo personalmente». Su tono indicaba claramente que Carys era socialmente muy inferior para conseguir otra cosa que no fuera un arreglo que redactaría el equipo de abogados de Alessandro. «El pasado, pasado está. Y tus, digamos, actividades extracurriculares, plantean dudas sobre la identidad del padre del niño». La calumnia había sido lo peor de todo.

¡Qué furiosa se habría puesto la madrastra de Alessandro si hubiera sabido que Carys no había aceptado su palabra! En lugar de ello, dejó a Alessandro varios mensajes en su teléfono privado y le envió correos electrónicos, e incluso una carta. Estaba desesperada por hablar con él. Y sólo al cabo de meses de silencio había acabado por aceptar que él no quería tener nada que ver con ella ni con su futuro hijo, por lo que decidió darle la espalda al pasado y empezar de nuevo sin tener en cuenta siquiera la posibilidad de un acuerdo legal para la manutención del niño. Leo estaba mejor sin semejante padre.

Pero parecía que Alessandro no se había enterado de su embarazo. Empezó a respirar con dificultad. ¡Todo aquel tiempo sin saber nada! No había rechazado a Leo. Tampoco estaba casado. Se sintió mareada al tratar de asumir las implicaciones que aquello tenía. En otra época hubiera creído que lo cambiaría todo. Pero ya sabía que no era así.

Le bastó mirar a Alessandro para confirmarlo. Estaba absorto en sus pensamientos, sin prestar la más mínima atención al niño, que intentaba que lo hiciera. Tampoco le interesaba ella: sólo era una fuente de información. O alguien a quien se podía llevar a la cama sin muchos problemas. Se estremeció al recordar la noche anterior, pero sintió que su determinación aumentaba. Miró los ojos verdes de su hijo. El la miró pícaramente mientras parloteaba en su propio lenguaje. Él era lo importante en su vida, no el viejo sueño de vivir feliz para siempre con el hombre equivocado.

No importaba que Alessandro hubiera sabido o no lo del embarazo. Lo que importaba era que la pasión que habían experimentado había sido una aventura vulgar, no un amor sobre el que construir un futuro. Y él había dejado muy claro que Leo no le interesaba. Punto y final.

Carys no hizo caso del dolor que sentía ante lo definitivo de la situación y esbozó una sonrisa temblorosa dedicada a su hijo.

—Es hora de bañarse, jovencito —se levantó y se sintió muy vieja por la pena que le causaba lo que su hijo no tendría y por la que le causaba de manera estúpida el volver a ser rechazada. Después de toda la vida sin dar la talla, era absurdo sentirse herida. Pero así era.

—¿Por qué te pedí que te fueras? Todavía no me lo has dicho —Alessandro se había puesto de pie, tenía las manos en los bolsillos y se había situado lo más alejado posible de ella.

—De todos modos había decidido marcharme —después de enterarse de lo de él con Carlotta, el velo se le cayó de los ojos y supo que tenía que irse—. Pero me acusaste de tener una aventura, de traicionar tu confianza —lo irónico de la situación había sido risible, pero ella no había tenido menos ganas de reírse en su vida.

—¿Una aventura? ¿Con quién? —todo su rostro expresaba desaprobación.

—Con Stefano Manzoni. Es...

–Sé quién es. Menudas compañías te buscas.

–Al principio me pareció agradable –hasta que él se negó a aceptar sus negativas. Era otro macho italiano que no soportaba el rechazo. Aunque, para ser justos, ella nunca se había sentido en peligro con Alessandro–. Creí que, al ser primo de tu princesa Carlotta, sería totalmente respetable.

–No es mi Carlotta –dijo él con los labios apretados.

–Lo que tú digas. Ahora tengo que bañar a Leo –le temblaban los músculos de fatiga. Se sentía como un trapo–. Te agradecería que te marcharas –no podía soportarlo más. Su aparición había hecho aflorar emociones que creía haber dominado, que la ponían en peligro. Necesitaba estar sola. No quería derrumbarse en su presencia.

Con la cabeza muy alta, se dirigió con paso vacilante hacia la puerta para acompañarlo. Leo se soltó de sus brazos inesperadamente tratando de lanzarse sobre Alessandro.

–¡Leo! –Carys trató de agarrarlo. El cansancio le desapareció debido al efecto de la adrenalina en la sangre, pero era demasiado tarde.

–No pasa nada. Ya lo tengo.

Ella no supo cómo Alessandro había llegado tan deprisa, pero había agarrado al niño antes de que tocara el suelo. El corazón de Carys recuperó el ritmo normal sólo cuando vio que su hijo estaba sano y salvo en las manos de Alessandro, que lo mantenía a la mayor distancia posible de su cuerpo. ¿Como si no quisiera tocarlo o como alguien que carecía de experiencia con niños pequeños? Ella vaciló sin saber a qué carta quedarse.

En ese momento, Leo agarró el brazo de Alessandro como si quisiera trepar por él. Se miraron a los ojos, y Leo hizo pucheros al ver la cara tan seria del hombre que tenía enfrente. Al final, como el sol que sale de detrás de una nube, el niño sonrió. Se le iluminó la cara y comenzó a dar palmadas en el brazo de Alessandro.

«¡Increíble!», pensó Carys. A su hijo le caía bien alguien que no lo quería. Trató de no pensar en aquella imagen del niño en brazos de su padre. Sería la única vez, por lo que era ridículo ponerse sentimental. Se apresuró hacia ellos con los brazos extendidos.

–Ya lo agarro yo.

Alessandro ni siquiera volvió la cabeza. Se hallaba muy ocupado mirando a Leo, y ni se inmutó cuando las palmadas en su brazo se transformaron en golpes, a medida que el niño se impacientaba por su falta de respuesta.

–Alessandro –dijo ella con voz ronca. La intensidad con la que miraba a Leo le puso un nudo en el estómago.

–Haré que se realicen las pruebas necesarias lo más pronto posible. Alguien te llamará mañana para darte los detalles.

–¿Qué pruebas?

Él ni siquiera se volvió para contestarla, sino que acercó ligeramente a Leo hacia sí, lo cual provocó un gorjeo de aprobación y un emocionado parloteo por parte del niño. Carys observó que Leo acariciaba la mandíbula de su padre con las dos manos, y se sintió emocionada al ver a su hijo con el hombre al que había querido. Si las circunstancias hubieran sido distintas...

–Pruebas de ADN. No pretenderás que me limite a aceptar tu palabra de que es mi hijo.

Carys había luchado para que él reconociera a su hijo antes de abandonarse a la desesperación, pero, de pronto, sintió miedo ante su repentino interés y ante lo que pudiera significar. Leo era suyo. Sin embargo, si Alessandro decidía que quería estar con él... Se refugió en una explosión de ira.

–Tu desconfianza es inaudita, Alessandro –la idea

de que buscara una confirmación científica le había producido el efecto de una bofetada, sobre todo porque él había sido su único amante. Su desconfianza manchaba lo que habían compartido y lo reducía a algo de mal gusto. Se le puso la piel de gallina cuando sus miradas se cruzaron y vio en la de él todo el peso de la duda.

–Más vale ser desconfiando que crédulo.

Capítulo 7

TRES DÍAS después solicitaron la presencia de Carys en la suite presidencial. David, su jefe, se lo transmitió con una mirada interrogante que hizo que se pusiera como un tomate.

–Asciendes a los círculos superiores, Carys –murmuró–. No tengas prisa en volver.

Ella se dio cuenta de que los demás empleados la miraban a hurtadillas mientras se levantaba de la silla. Se había convertido en un manojo de nervios en los últimos días, desde que Alessandro había utilizado su influencia para que se realizaran las pruebas de ADN. Otro recordatorio, por si lo necesitaba, de su enorme riqueza, de su capacidad para lograr lo que quería.

La analista era amable y habló mucho, a pesar del silencio entre Alessandro y ella. No parecía darse cuenta del ambiente cargado de desafíos y preguntas no pronunciados. O tal vez estuviera habituada a las emociones que provocaban semejantes circunstancias. Al fin y al cabo, no había necesidad de pruebas científicas si había confianza entre los miembros de una pareja, si el hombre creía a su amante.

Carys inspiró y se dirigió lentamente al ascensor. Alessandro tenía que haber recibido los resultados del laboratorio y por eso la llamaba. Era indudable que había pagado por el privilegio de que se los comunicaran lo antes posible. La ansiedad le formó un nudo en el estómago. ¿Qué haría él al saber que el niño era suyo? La pregunta llevaba días acosándola e incluso, cuando conseguía quedarse dormida, soñaba con ella y se despertaba más cansada de lo que se había acostado.

El mayordomo la esperaba en la puerta y le dirigió una sonrisa amable pero impersonal. ¿Habría visto su huida desesperada de unos días antes? Carys mantuvo la barbilla erguida mientras se obligaba a sonreírle a su vez y entraba.

La paz lujosa que reinaba en la suite la atrapó. Los muebles eran de excelente calidad y disponía de todo lo necesario, aunque sólo se alojara en ella un hombre. Estaba concebida para los archimillonarios, para gente muy importante, por lo que no era de extrañar que se sintiera insignificante y nerviosa mientras se aproximaba al hombre silencioso que allí estaba. Aunque él encajara perfectamente en aquel entorno, no era el caso de ella, una persona totalmente corriente, que no podía considerarse especial en ningún sentido. Lo sabía desde mucho antes que Alessandro la tentara a creer en los milagros.

—Carys.

El sonido de su ronca voz fue como una caricia sobre su piel. Su reacción, su debilidad física hacia él, hizo que se le erizara el vello.

—Alessandro, ¿has ordenado que viniera?

—He pedido que vinieras.

—Pero cuando una petición procede de la suite presidencial, los empleados tendemos a satisfacerla a toda prisa —por algún motivo, se sentía segura al hacer hincapié en la enorme distancia entre ambos, como si, por arte de magia, pudiera borrar el recuerdo de la locura que se había apoderado de ella la última vez que estuvo allí. Se fijó en la pared contra la que él la había abrazado y acariciado y casi...

—Siéntate, por favor.

Para sorpresa de Carys, le indicó una silla de respaldo alto que había frente a un escritorio. Se sentó. Era mejor aquello que la intimidad de un sofá. Fue al sentarse cuando observó los papeles que había en el escritorio.

–¿Ya tienes los resultados de las pruebas?

–Sí.

Carys no pudo adivinar nada por el tono de la voz ni la expresión de la cara. ¿Estaba decepcionado, enfadado o emocionado por saber que tenía un hijo? ¿Experimentaba algún tipo de sentimiento?

–Tráenos café, Robson. ¿O prefieres té?

–Nada, gracias –la idea de ingerir cualquier cosa le revolvía el estómago.

–Eso es todo, Robson –Alessandro esperó a que el mayordomo se fuera y, en lugar de sentarse, se apoyó con los brazos cruzados en el escritorio.

Estaba tan cerca de Carys que ella percibió el olor de su colonia, al que reaccionó con una ligera excitación. Apretó los dientes, disgustada. Hubiera preferido que estuviera más lejos para que no la asaltaran los restos de la poderosa atracción física que había habido entre ellos.

–¿Qué es lo que quieres, Alessandro? –después de días de silencio por parte de él, esperaba que se apresurara a hacerle una oferta, lo cual la ponía furiosa.

–Tenemos que arreglar algunas cosas y tienes que firmar esto –indicó unos documentos de los que había sobre la mesa y se sacó una pluma del bolsillo–. Puedes usarla cuando lo hayas leído –y dejó la pluma al lado de los papeles.

Carys miró el escritorio. A fin de cuentas, no eran los resultados de las pruebas, sino páginas y más páginas de densa escritura en párrafos numerados. Se le cayó el alma a los pies, ya que era el tipo de documento que detestaba. No podía leerlo con Alessandro tan cerca. Tomó los papeles y les echó una ojeada. En la última página había un espacio para su firma y la de Alessandro. Trató de concentrarse en el primer párrafo, pero las letras le bailaban. ¿Habría traído las gafas? Rebuscó en el bolsillo de la chaqueta, consciente del escrutinio de Alessandro.

–¿Qué quieres que firme?

–Un acuerdo prematrimonial.

–¿Qué? –las gafas se le cayeron de las manos mientras volvía la cabeza para mirarlo.

Los ojos de él le indicaron que había oído perfectamente.

–Un acuerdo en el que se especifican los derechos de las partes...

–Sé perfectamente lo que es un acuerdo prematrimonial –tomó aire–. No lo necesitamos, ya que es para quienes se van a casar.

Él se limitó a curvar los labios como si fuera a sonreír, lo cual podía indicar diversión, impaciencia o fastidio. Y no dejó de traspasarla con la mirada.

–Lo necesitamos, Carys, porque nos vamos a casar –le acarició la mejilla con el dedo y ella sintió que la piel le ardía–. Es lo único que podemos hacer. Deberías haber sabido que nos casaríamos al enterarme de que el niño es mío.

Ella lo miró sin decir nada durante una eternidad, con la boca abierta y los ojos llenos de asombro hasta que, de pronto, recuperó la energía.

–¡El niño tiene nombre, maldita sea! –se levantó de un salto y casi tiró la silla. Lo miró desafiante, furiosa y jadeante–. No vuelvas a referirte a Leo como si fuera una... una mercancía.

«*Madonna mia!*», pensó Alessandro. Con los ojos centelleantes y las mejillas arreboladas, estaba más que guapa, más que hermosa. Era algo más profundo que estuvo a punto de distraerlo del importante asunto de proteger a su hijo. Experimentó la atracción en el cuerpo y en la mente. Era el deseo posesivo que llevaba días sintiendo, pero mezclado con otra sensación tan profunda que le hizo tambalearse. En ese momento, la lógica que le había dictado la decisión de casarse se oscureció. No se trataba de simple lógica, pues la fuerza que lo empujaba era puramente visceral: ella sería suya. No aceptaría otra posibilidad. Tendría a Carys y a su hijo. Se sintió invadido de una ola de placer.

–Por supuesto que no es una mercancía. Es Leonardo. Leo Mattani –revivió en su imaginación sus ojos inteligentes, el pelo oscuro y la barbilla pequeña y decidida. Su hijo.

¡Su hijo! El pecho se le llenó de orgullo y satisfacción y...

–¡No! ¡Leo Wells, no Leo Mattani! Y eso no va a cambiar. Que nos casemos es una idea absurda de la que te puedes ir olvidando –Carys dio un paso hacia delante con la barbilla erguida.

Alessandro volvió a experimentar un intenso deseo. ¡Qué mujer! Tan protectora y orgullosa. ¿Y como amante...? Inspiró profundamente. Estaba deseando volver a descubrir la pasión que habían sentido el uno por el otro. Tenía que haber sido espectacular para que él hubiera dado el paso de invitarla a vivir con él. Pero lo primero y más importante era proteger a su hijo.

Lo traspasó el recuerdo del modo irresponsable en que su madre había abandonado a su «caro Sandro» sin volver la vista atrás, de cómo la codicia egoísta había prevalecido por encima de los vínculos supuestamente indestructibles del amor materno. Su madre había antepuesto sus deseos y ambición a su hijo.

A pesar de la fiera actitud de Carys y de su sentido protector, Alessandro conocía la fragilidad del amor materno, la inconstancia de las mujeres. Él protegería a su hijo y se aseguraría de que nunca le faltara de nada. Los términos del acuerdo prematrimonial, con una elevada cantidad para Carys mientras se quedara con su hijo y él, conferirían estabilidad a la vida de Leo. Su equipo legal había trabajado día y noche para que no tuviera lagunas. La escandalosa cantidad de dinero que había destinado para comprar a su esposa la mantendría donde él quería que estuviera, donde Leo la necesitaba: con Alessandro.

–Mi hijo se llamará Leo Mattani, no hay más que hablar. Cualquier otra alternativa es impensable.

–¿Impensable? –Carys puso las manos en jarras al tiempo que miraba el rostro orgulloso y arrogante del hombre al que había amado–. Lo siento, pero ha sido Leo Wells desde que nació y le ha ido muy bien.

–¿Que le ha ido bien? –Alessandro negó con la cabeza de forma brusca–. ¿Crees que está bien que mi hijo sea ilegítimo?

Durante unos segundos, Carys miró, impotente, su expresión de indignación y ultraje. En un mundo ideal, Leo habría nacido en una familia que lo habría querido, con unos padres unidos por un compromiso mutuo.

–Hay cosas peores –dijo ella en voz baja mientras se abrazaba a sí misma para calmar un antiguo dolor que la laceraba: el dolor de los sueños rotos. Había hecho todo lo posible para que Alessandro se enterara del embarazo. Pero aunque lo hubiera sabido, aunque le hubiera propuesto que se casaran, nada cambiaría el hecho de que no era un hombre en quien pudiera confiar ni el hecho de que ella nunca encajaría en su mundo.

–¿Y crees que a mi hijo le seguiría yendo bien si se cría en un barrio venido a menos, entre ladrones y chulos?

–Estás exagerando –contraatacó ella al tiempo que pasaba por alto el sentimiento de culpa de no haber podido encontrar nada mejor–. No es para tanto. Además, tengo intención de mudarme.

–¿En serio? ¿Y cómo vas a encontrar algo mejor con tu sueldo?

Carys se mordió los labios ante su tono de superioridad. No importaba que su sueldo fuera el mejor teniendo en cuenta su currículum ni que trabajara mucho para ganarlo. A largo plazo tenía perspectivas de ascender, pero mientras tanto...

–A Leo no le faltará de nada. Nunca le ha faltado.

Durante unos segundos, la mirada de Alessandro se ablandó.

–Debe de haber sido difícil arreglártelas sola.

Ella se encogió de hombros. No pensaba en ello, ni en que sus hermanos y su padre estuvieran dispersos por el mundo y no hubieran tenido tiempo de visitarla cuando Leo nació, ni tampoco después. Le habían enviado regalos, eso sí. Lo habían hecho con la mejor intención y se preocupaban por ella a su modo, distantes y no comprometidos. Pero ella hubiera deseado que uno de ellos hubiera hecho el esfuerzo de estar con ella cuando se sentía sola, cuando la depresión rivalizaba con la determinación de salir adelante.

Carys lanzó una mirada desafiante a la persona que, precisamente, había tenido todo el derecho a estar con ella cuando Leo nació. Pero eso pertenecía al pasado.

–Estoy acostumbrada a arreglármelas sola –era varios años menor que sus hermanos y la última hija de unos padres absorbidos por su profesión, por lo que se había criado sola–. Leo y yo estamos bien.

–No es suficiente para mi hijo. Se merece más.

Carys apretó los labios para no asentir. Quería que su hijo tuviera las mejores oportunidades, las que una madre soltera y de clase trabajadora no podría ofrecerle.

–Lo que Leo necesita es amor y sentirse seguro. Y eso se lo doy.

–Claro que es lo que necesita. Y se lo daremos. Juntos.

–Ni hablar. Lo que hubo entre nosotros se ha terminado.

«Murió hace dos años, cuando me traicionaste con

otra mujer y luego me acusaste de serte infiel», pensó, pero no lo dijo. No tenía sentido remover el pasado. Tenía que centrarse en el futuro, en lo que fuera mejor para Leo.

—No terminará nunca, Carys —su voz era como una caricia—. Tenemos un hijo.

Ella juntó las manos, horrorizada al darse cuenta de que le temblaban. Sus palabras le traían a la memoria vívidas imágenes de cuando habían sido amantes.

—¡Pero eso no es motivo para casarse! Podrás verlo —un padre tenía derecho a ello. Además, a pesar de la conmoción que le causaría ver a Alessandro de forma regular, sería un alivio para ella que Leo conociera a su padre. Todos los niños se merecían...

—¿Verlo? ¿Crees que es lo que quiero? ¿Lo que necesita mi hijo?

Alessandro recorrió el espacio que los separaba de un solo paso y se inclinó hacia ella como una fortaleza inexpugnable. Ella se puso a temblar ante el impacto de su poderosa presencia.

—Tienes unas ideas muy raras sobre la paternidad —prosiguió él—. Ya me he perdido el primer año de vida de mi hijo y no pienso perderme ninguno más.

—Lo que quería decir era...

—Ya sé lo que querías decir —se detuvo y la miró como si fuera de otro planeta—. Leo es mi hijo, carne de mi carne y sangre de mi sangre. Me niego a visitarlo de vez en cuando mientras se cría en el otro extremo del mundo.

—¡Pero casarnos! Es absurdo.

—Supongo que preferirás eso a la otra opción.

—¿Qué opción? —preguntó Carys con la voz rota mientras un presentimiento se apoderaba de ella al ver la mirada de Alessandro.

—Una batalla legal por la custodia.

Capítulo 8

CARYS apretó los puños cuando Alessandro le dijo lo que había temido oír.

—Soy su madre. El tribunal me dará la custodia.

—¿Estás segura? —hizo un mínimo gesto negativo con la cabeza, como si la compadeciera por su ingenuidad—. ¿Tienes un buen abogado? ¿Tan bueno como los míos?

«Además de los millones de los Mattani para respaldarlos», pensó Carys aunque Alessandro no llegó a decirlo.

—No me quitarías... —la voz se le quebró al ver que él la miraba sin pestañear. Lo haría. Haría lo que fuera para quitarle a Leo. Se alejó de él y trató de tomar aire con desesperación y de controlar sus pensamientos. La opresión que sentía en el pecho le impedía respirar y la tensión comenzó a oprimirle las sienes. Alessandro se equivocaba. ¡Tenía que estar equivocado! Ningún tribunal le arrebataría un hijo a su madre.

Y sin embargo... Carys se paró tambaleándose frente a una enorme ventana. La riqueza y el poder de Alessandro estaban muy por encima de los que ella o su familia, si estuviera dispuesta, tenían. Él vivía en un mundo compuesto por familias increíblemente ricas, privilegiadas y bien relacionadas, a las que no podían aplicarse las reglas habituales. ¿Se iba a atrever ella a enfrentarse a Alessandro? No tenía nada de qué preocuparse, ya que era una buena madre y Leo se desarrollaba muy bien. Pero la venenosa semilla de la duda siguió creciendo en su interior.

Le atormentaba la idea de su pequeño piso en un mal barrio, lo mejor que había podido conseguir con su escaso sueldo. ¿Se utilizaría eso en su contra frente a los inmensos recursos de los Mattani? Alessandro tenía muchas formas de conseguir lo que quería, incluso sin tener que compartir la custodia. ¿Y si se negaba a devolverle a Leo después de una visita? ¿Y si no lo dejaba marcharse de Italia? Ella no tenía recursos para ir allí y recuperar a su hijo. Estaría a merced de Alessandro.

Sintió un escalofrío y se llevó la mano a la sien. Aquello era una pesadilla. El hombre al que había amado no la hubiera amenazado así, con independencia de cómo se hubieran separado, ni le habría robado a su hijo. Pero ese hombre ya no existía. Alessandro no recordaba lo felices que habían sido. Para él, sólo era una desconocida que tenía algo que él deseaba. Tuvo ganas de abrazar a su hijo y de esconderlo de Alessandro y sus exigencias. Pero no había escapatoria.

–Prefiero que esto quede entre nosotros, Carys –su voz la sobresaltó–. Una batalla legal sería, para mí, el último recurso.

¿Y qué esperaba? ¿Que le estuviera agradecida?

–¡Qué consuelo! Me siento mucho mejor.

Él la agarró por los hombros. Ella se resistió, pero acabó por darse la vuelta. ¿Era compasión lo que había en su mirada? Carys parpadeó y la ilusión desapareció. Él nunca se echaría atrás.

–Apareces en nuestras vidas y crees que puedes llevarte por delante a todo el mundo como si sólo tú supieras lo que es mejor. Pero tus exigencias son vergonzosas. No tienes derecho a...

–Tengo el derecho que me da ser su padre –le interrumpió él con frialdad–. Recuerda que ya no eres la única que puede decidir cómo se va a criar nuestro hijo.

Aquellas palabras cayeron como un jarro de agua fría sobre su indignación y le recordaron lo vulnerable que era.

—Te propongo que nos casemos —prosiguió él— y te ofrezco una posición, riqueza y una vida cómoda. Y un hogar para nuestro hijo. Crecerá con los dos en un hogar estable y seguro. ¿Qué objeciones tienes a eso?

—Pero no nos queremos ¿Cómo vamos a...?

—Tenemos la mejor razón para casarnos, que es criar a nuestro hijo. No hay razón más válida.

«Excepto el amor», pensó Carys, pero desechó la idea porque hacía dos años que había dejado de creer en él. Sin embargo, no pudo evitar sentirse consternada ante la forma tan práctica de Alessandro de hablar de boda por el bien de su hijo. Tal vez la aristocracia estuviera acostumbrada a los matrimonios de conveniencia, concertados por motivos familiares o económicos. Pero ¿cómo iba a casarse con un hombre al que no quería? ¿Con alguien que había traicionado su confianza?

—A no ser que tengas una relación con alguien de aquí.

Carys vaciló y se sintió tentada de aferrarse a aquella excusa. Pero no podía mentirle. Ya lo había intentado al decirle que tenía novio, pero había sido incapaz de fingir durante mucho tiempo. Negó con la cabeza y dio un paso hacia atrás para alejarse de él. ¿Tenía idea Alessandro de lo mucho que la distraía al invadir su espacio vital irradiando energía? Se le ponía la carne de gallina sólo por estar tan cerca de él.

—Muy bien. Entonces no tienes motivos para rechazar la propuesta.

—Pero ¿y si...? —Carys se mordió la lengua, furiosa por haber comenzado a expresar lo que pensaba y por estar escuchando los extraños razonamientos de Alessandro. Debía de estar loca.

—¿Y si...? —susurró él.

Ella se estremeció cuando su cálido aliento le acarició la mejilla. Permaneció callada durante unos instantes, pero siguió hablando contra su voluntad.

—¿Y si conoces a una mujer y la quieres y deseas casarte con ella?

Incluso en aquellos momentos, curada del amor que había sentido por él, ante la idea de que estuviera con otra mujer le formó un nudo en el estómago.

—Eso no sucederá —dijo él con total seguridad.

—Eso no lo sabes.

La hermosa y sensual boca de Alessandro se curvó en una sonrisa sin alegría

—Tengo la certeza absoluta —afirmó con expresión cínica—. El amor es una falacia inventada para los crédulos. Sólo un estúpido puede creer que está enamorado, y sería doblemente estúpido si se casara por ello.

Carys miró con los ojos muy abiertos al hombre a quien en otro tiempo creía conocer. Entonces era considerado, ingenioso, civilizado y, sobre todo, apasionado, el amante con el que toda mujer soñaría y con el que creería poder ser feliz para siempre. Ella se había dado cuenta de que ocultaba algo, de su reserva a pesar de la intimidad que había entre ellos, una sensación de soledad que ella no había podido traspasar y que se intensificó cuando el padre de Alessandro murió y él se encerró en sí mismo y se dedicó a los negocios. Pero le sorprendió descubrir la dura coraza de escepticismo que cubría su encanto exterior. Aquella coraza hacía que pareciera vacío.

¿Había sido siempre así? ¿O era el resultado del trauma que había sufrido? Sintió pesar y una compasión involuntaria por aquel hombre que parecía tener tanto y sentir tan poco. Experimentó la absurda necesidad de tocarlo. ¿Para qué? ¿Para consolarlo? ¿Para mostrarle compasión, amor? ¡No! Se quedó anonadada ante la profundidad de sus sentimientos hacia él. Bajó la mano, que había comenzado a levantar.

—Casarse es un deber —continuó él sin percatarse de su reacción—. Nunca me casaré por amor —lo dijo con tal desprecio que ella se estremeció.

Carys se preguntó con amargura cómo denominaría él su interés por otras mujeres. Aunque estuvieran casados, las habría. A Alessandro le gustaba el sexo. No iba a prescindir de él por casarse con una mujer a la que no amaba. No tendría escrúpulos en perseguir a las que le gustaran.

—Creo en el matrimonio para toda la vida —afirmó él interrumpiendo sus pensamientos—. Una vez casados, no nos divorciaremos.

—Eso es cadena perpetua.

—No te resultará tan difícil, Carys, créeme —dijo él con cierta dulzura. Carys cerró los ojos para combatir la debilidad que experimentaba. Le estaba hablando de dinero, lujo, una posición, eso era todo; no de emociones, que tanto despreciaba.

—¿No te preocupa que yo me enamore de otro y me quiera divorciar?

Se hizo un tenso silencio mientras el desagrado de Alessandro vibraba entre ambos.

—No habrá divorcio —dijo con firmeza—. En cuanto a que creas que puedes enamorarte...

Le alzó la barbilla con brusquedad. Ella sintió que se hundía en la verde profundidad de sus ojos. Se estremeció de excitación cuando el se inclinó hacia ella. Pero no iba a hacer el ridículo de nuevo. Si él creía que la iba a seducir otra vez, podía esperar sentado. Furiosa, se soltó de su mano.

—No te preocupes —le dijo en voz fría y desdeñosa—. No existe el riesgo de que me enamore de nadie —estaba curada de por vida.

—Muy bien. Entonces estamos de acuerdo.

—Un momento. No he dicho que...

—Te dejo para que leas el contrato. Hay cosas que arreglar —la traspasó con la mirada—. Piensa lo que te he dicho, Carys. Volveré para que me des una respuesta.

Aunque no quería, Carys se acercó al elegante escritorio. Las hojas repletas de palabras se mofaban de ella, lo cual demostraba la superioridad de la posición de Alessandro, de sus abogados y de su dinero. No iba a examinar el asunto de casarse. El miedo le encogió el estómago, y cerró los puños. Alessandro no podía obligarla. Se jactaba de que el juez le daría la custodia cuando lo más probable era que se estuviera marcando un farol sobre lo de ir a los tribunales. No iría a... Recordó sus ojos como dagas. Lo haría, claro que sí con tal de conseguir a su hijo. ¿Cómo era posible que hubiera pensado que Alessandro se avendría a una paternidad a medias?

Agarró los papeles, se puso las gafas y comenzó a leerlos. Al llegar a la tercera página, sintió pánico. Llevaba veinte minutos concentrándose desesperadamente y seguía habiendo partes del texto que no entendía. Estaba exhausta tras tantas noches de insomnio y emocionalmente agotada. Incluso en sus mejores momentos, debido a la dislexia que padecía, un texto como aquél le resultaría difícil. Pero en aquel momento... Se mordió los labios mientras trataba de contener las lágrimas.

El futuro de Leo estaba en juego y carecía de las habilidades para asegurarse su protección. ¿Qué clase de madre era? La antigua voz interior le dijo que era una fracasada y estuvo a punto de creerla, pero golpeó la mesa con las manos y apartó la silla. No se trataba de tener habilidades ni inteligencia. Simplemente estaba cansada y estresada. Además, el contrato no era sobre Leo, sino sobre los derechos de ella y los de Alessandro.

Pasó las hojas hasta llegar a la última y se centró en un apartado corto en el que se declaraba que ella no obtendría nada de la fortuna de Alessandro si se divorciaban. Experimentó un gran alivio. Eso era lo importante. El resto era jerga legal. De todos modos, debía ser precavida y conseguir que un abogado leyera aquello antes de firmarlo. En realidad, lo que debería hacer era salir corriendo en vez de considerar la posibilidad de casarse con Alessandro Mattani. Incluso aunque el matrimonio fuera de conveniencia y prácticamente fueran dos desconocidos, él podría volver su mundo del revés.

Pero no se trataba de ella, sino de Leo, que tenía derecho a sus dos progenitores, que no se merecía que lucharan por él en una disputa legal, al que quería tanto que no podía soportar la idea de que Alessandro se lo quitara. No tenía abogado para que leyera el documento, pero no importaba. No tenía elección. Con el corazón dolorido, tomó la pluma de Alessandro y buscó la última página. Carys Antoinette Wells. Un documento tan pomposo se merecía su nombre completo. Pero en vez de escribirlo con seguridad, le temblaba tanto la mano que parecía la firma de un adolescente inexperto tratando de hacerse pasar por otro.

La pluma cayó sobre el escritorio. Carys se levantó lentamente, rígida como una anciana y con el corazón destrozado.

Un sonido apagado llamó la atención de Alessandro. Alzó la cabeza, agradecido ante algo que lo distrajera del papeleo. Llevaba unos días en que le resultaba extremadamente difícil concentrarse en los negocios, lo cual era comprensible, pues acababa de enterarse de que tenía un hijo y pronto tendría esposa. Experimentó placer al pensar en Leo y, lo cual era más sorprendente, ante la idea de que Carys pronto sería su mujer. Dos años de celibato le habían afilado la libido, lo cual explicaba su reacción. También el recuerdo que había recuperado de ella tumbada en la cama lo excitaba enormemente.

Desde el accidente, su impulso sexual había estado aletargado. Al principio no se había preocupado, pues todas sus energías, físicas y mentales, estaban dirigidas a recuperarse. Después, durante meses, había tenido que sacar la empresa familiar a flote. Pero, conforme pasaba el tiempo, se dio cuenta de que algo fundamental había cambiado. A pesar de las tentaciones que lo rodeaban, carecía de energía para salir con una chica guapa, y mucho menos para llevársela a la cama. Siempre había sido un buen amante, aunque exigente. Ser célibe durante veintidós meses era algo que nunca le había sucedido. Por eso, no era de extrañar que se inquietara por esos meses perdidos, por si había algo en ellos que hubiera disminuido su impulso sexual y debilitado su masculinidad. No se había confesado ni siquiera a sí mismo la ansiedad que experimentaba al pensar que el cambio fuera permanente. Pero todo volvía a funcionar correctamente. La entrepierna le dolía constantemente al tratar de apagar los lujuriosos deseos que le producía Carys.

Volvió a oír el ruido. Se dio la vuelta y vio a Leo, que se revolvía en los brazos de su madre. Ella se había negado a que la tripulación del avión se llevara al niño, por lo que dormían juntos. Alessandro observó los vigorosos movimientos de su hijo y volvió a experimentar la misma sensación maravillosa que lo había invadido al tenerlo en brazos por primera vez. La idea de tener un hijo lo seguía dejando anonadado. Lo miró y el niño dejó de moverse.

—Ba —dijo Leo—. *Ba, ba, ba.*

—No, es papá —respondió Alessandro mientras apartaba el ordenador portátil.

—*¡Baba!* —Leo extendió el brazo hacia él.

Alessandro se sintió orgulloso. Su hijo era inteligente, no cabía duda. Se puso en pie y tomó al niño en brazos con cuidado. Al ser él mismo hijo único, carecía de experiencia con niños pequeños. Pero aprendería deprisa. Lo habían educado niñeras y tutores siguiendo unas normas muy estrictas para que pronto adquiriera seguridad en sí mismo e independencia emocional. No pretendía mimar a su hijo, pero éste pasaría tiempo con su padre, un lujo del que él no había podido disfrutar.

–Soy papá –murmuró mientras le apartaba el pelo de la frente–. Venga. Ya va siendo hora de que nos conozcamos mejor –iba a sentarse de nuevo pero se detuvo a mirar a Carys que, mientras dormía, parecía serena, amable y tentadora. ¿Qué lo tentaba de ella cuando tantas bellezas no lo habían conseguido? Algo que lo excitaba sólo con mirarla. Era la madre de su hijo, lo cual, por sí solo, lo excitaba. La idea del cuerpo de ella hinchado y maduro con su hijo era intensamente erótica y satisfactoria. Pero la había deseado antes de saber lo de Leo, cuando era la desconocida de una fotografía. ¿Por qué era distinta? ¿Porque lo desafiaba y provocaba hasta que deseaba besarla para someterla? ¿O porque había algo que compartían? Ansiaba creer que era diferente de las demás. ¡Diferente! ¡Ja!

Había reconocido que lo había abandonado cuando él se enteró de que estaba con otro, Stefano Manzoni, el tiburón que había estado nadando en círculo con el propósito de dar un mordisco mortal a la empresa de Alessandro después de la muerte de su padre. Eso, además de doloroso, le resultaba insultante. Se le revolvía el estómago al pensar en Carys y Stefano. ¿Habrían consumado la relación? Desde aquel momento se aseguraría de que ella no tuviera tiempo de mirar a otro hombre. Después estaba el estudio minucioso que ella había realizado del contrato prematrimonial, lo cual demostraba que era como las demás. Estaba tan enfrascada en la lectura que ni siquiera lo había oído entrar ni salir.

Era cierto que había firmado sin poner más objeciones. En cuanto había visto la cantidad indecente de dinero que recibiría mientras viviera con él, había quedado atrapada, que era justo lo que él pretendía. La generosidad de dicha cantidad había causado revuelo entre sus asesores, pero él sabía lo que hacía. Quería asegurarse de que Leo tuviera la estabilidad de una vida con su madre. A su hijo no lo iban a dejar ni a abandonar, como había sucedido con él.

No, a pesar de la extraña atracción que sentía por ella, no era distinta. Pero habría compensaciones. Dejó de mirar sus sensuales labios y volvió la vista hacia la cara regordeta de su hijo. Había tomado la decisión correcta.

Carys no supo si sentirse aliviada o asombrada porque Alessandro no los llevara a su casa en las colinas del lago Como, cuyo diseño y elegancia le encantaban, sino a la enorme casa familiar, a la que nunca la habían invitado durante los meses que vivió con él, ya que no era lo bastante buena para su familia.

Al llegar, atravesaron praderas y macizos de flores, hasta alcanzar la mansión, con una vista espectacular del lago, que se extendía a su derecha. Sentado a su lado, Alessandro guardaba silencio. Sus cejas y labios indicaban claramente cómo se sentía al llevarla a la mansión familiar. Era evidente que no era la novia que hubiera elegido en otras circunstancias. Saberlo la corroía por dentro. Sólo Leo, sentado en el asiento trasero, la había elevado de categoría lo suficiente como para poder entrar en el santuario de los Mattani. La vista de la mansión, cuna de generaciones ricas y poderosas, reforzó la sensación de ineptitud contra la que llevaba luchando toda la vida.

–Tienes una casa imponente –murmuró mientras trataba de alejar esos pensamientos, producto únicamente del cansancio y de los nervios ante lo que la esperaba.

–¿Tú crees? Siempre me ha parecido recargada, como si tratara por todos los medios de causar impresión –indicó uno de sus extremos, lleno de balcones, columnas y ventanas en forma de arco e incluso lo que parecía un torreón.

–No se me había ocurrido –pero Alessandro tenía razón. De todos modos, bañada por el sol matinal, era hermosa–. Ahora que lo dices, es como una corista entrada en años: excesivamente arreglada, demasiado obvia, pero atractiva.

–Has acertado plenamente –dijo Alessandro riéndose–. Nunca la hubiera descrito así, pero tienes toda la razón –la miró a los ojos y ella se sorprendió al ver la aprobación que había en los suyos–. Pero que no te oiga Livia: está orgullosa de ella.

–¿Livia? ¿Está tu madrastra?

–Ya no vive aquí, sino en Milán y Roma. Pero la verás y te asesorará sobre lo que se espera de ti, y te pondrá al tanto de los aspectos sociales que tienes que conocer.

«¿Y no puedes hacerlo tú?», pensó ella. Claro que no, porque estaría muy ocupado con sus negocios u otras cosas para dedicarle tiempo a su prometida.

–¿Es necesario? Estoy segura de que tendrá muchas cosas que hacer. «Y no le caigo bien» –dijo para sí. A Livia le sacaría de quicio dedicarse a enseñar cómo funcionaba todo a una torpe plebeya cuyo estilo se resumía en las ofertas de los grandes almacenes.

–No tantas como para no poder ayudar a mi prometida.

–Lo estoy deseando –dijo Carys con los dientes apretados mientras le abría la puerta del coche un mayordomo que se inclinó esperando que saliera–. *Grazie* –murmuró.

–Bienvenida, señora –el mayordomo sonrió y se inclinó aún más–. Es un placer tenerla aquí.

Carys experimentó un inmenso placer al percatarse de que entendía perfectamente su italiano. Llevaba dos años sin hablarlo, pero tenía facilidad para los idiomas. Vacilante, trató de decir algo al salir del coche. Se sintió agradecida cuando Paulo, el mayordomo, la animó.

Después comenzó a hablarle de las comodidades de la casa mientras Alessandro sacaba a Leo.

–Si has dejado de poner a prueba tus encantos con mis empleados, podemos entrar –le dijo en un tono que sólo pudo oír ella. Ahora que vamos a casarnos –prosiguió ante la expresión confusa de ella–, puedes irte olvidando de ganarte la sonrisa de otros hombres. Mi esposa tiene que ser intachable.

–¿Crees que estaba flirteando? –le preguntó, atónita. No daba crédito a lo que oía. Alessandro casi parecía estar celoso, lo cual era una idea absurda. Pero se puso a imaginar cosas. Él la había deseado en Melbourne sólo porque estaba a mano y vergonzosamente dispuesta, pero eso formaba parte del pasado. En aquellos momentos sólo la veía como la madre de su hijo, a la que no había tocado desde que se había enterado de la existencia de Leo. Era evidente que la quería para Leo, no para él, por lo cual daba gracias, porque se sentía segura, ya que, si él trataba de volverla a seducir, no sabía si podría resistirse.

–Vamos a entrar y a acostar a nuestro hijo –dijo él sin hacer caso de su pregunta–. Estarás cansada del viaje y debes descansar para esta tarde. Livia te ha concertado una cita con una diseñadora para hablar del vestido de novia –sus labios se curvaron en una seca sonrisa que podía significar tanto placer como estoica resignación–. Nos casamos este fin de semana.

Capítulo 9

CUATRO horas después, Carys esperaba nerviosa a la diseñadora de su traje de novia. El que el apellido de Alessandro consiguiera que una diseñadora de alta costura fuera a vestirla en tan corto espacio de tiempo confirmaba su inmensa riqueza y la brecha que lo separaba de él. Ella nunca se había hecho ninguna prenda a medida. Al menos, la diseñadora ya conocía sus medidas, porque se las habían tomado en Melbourne y enviado a Milán con una foto en que no estaba nada favorecida.

Miró el reloj. Tal vez no se presentara. Se puso a deambular por el salón al tiempo que deseaba que la cita hubiera sido en un lugar menos imponente. Se ahogaba allí. Evitó con cuidado los espejos de bordes dorados y las sillas tapizadas en seda. Se sentía un patito feo al que hubieran sacado del estanque y tirado en un palacio. ¡Ojalá hubiera podido comprarse un traje ya confeccionado!

A pesar de los nervios, sus labios se curvaron al recordar la mirada atónita de Alessandro cuando se lo propuso. El conde Mattani y su prometida sólo podían casarse de modo formal y a lo grande. Una rápida ceremonia civil era impensable. Así que se tendría que enfrentar a una artista temperamental que, sin duda, se sentiría decepcionada al ver que la novia no estaba a la altura de sus diseños. Carys se preparó para lo peor.

Paulo anunció a la visitante. Carys se puso rígida de incredulidad y se quedó con la boca abierta. Aunque pareciera imposible, lo peor era aún más horroroso de lo que había previsto. ¿Cómo había hecho Livia algo semejante? ¿Cómo había elegido precisamente a esa diseñadora? Tenía que saber...

–*Signorina* Wells...

Carys se dio la vuelta de mala gana. La mujer que tenía frente a sí era tal como la recordaba: delgada, elegante, con inmensos ojos oscuros y un precioso rostro, menudo y delicado. Iba vestida de modo informal y llevaba un collar de perlas que acentuaba su atractivo. ¿Era extraño que Alessandro hubiera planeado casarse con ella? Sintió un dolor agudo al tiempo que trataba de controlar la expresión de su cara.

–*Principessa* Carlotta –¿de verdad esperaban que se pusiera en manos de aquella mujer?

–Carlotta, por favor –dijo con una voz ronca y atractiva al tiempo que le sonreía con calidez.

Carys se sorprendió al verla tan accesible, tan aparentemente dispuesta a ser amiga de la mujer que Alessandro había elegido en su lugar para casarse. Carys sabía que, si la situación fuera la contraria, no podría comportarse tan alegremente.

–Perdone –Carlotta se detuvo a unos pasos de ella al tiempo que dejaba de sonreír–. ¿Se encuentra bien? Está muy pálida.

A Carys no le sorprendió. Se sentía como si la sangre hubiera dejado de circularle por las venas.

–Estoy... –«¿qué?», pensó. «¿Sorprendida al encontrarme frente a la ex amante de mi futuro esposo?». ¿O lo seguía siendo? Comenzaron a temblarle las piernas y se sentó bruscamente en un sofá que había detrás de ella.

–No está bien. Voy a pedir ayuda.

–¡No! –Carys sentía vergüenza de provocar una situación desagradable. No daba crédito a su debilidad–. Es el desfase horario –murmuró–. Hace unas horas que hemos llegado –y a pesar del cansancio, había sido incapaz de dormir en la enorme habitación que le habían asignado. Se sentía nerviosa y fuera de lugar.

–Perdone, *signorina*, pero creo que es algo más.

Carys expulsó el aire que había estado reteniendo. No podía representar aquella farsa. No se le daba bien disimular y prefería enfrentarse a los hechos por desagradables que fueran.

–Siéntese, por favor –dijo con voz ahogada.

La princesa agarró una silla y se sentó frente a ella. Todos sus movimientos eran gráciles y elegantes. Carys se sentía una paleta en su presencia. Se puso las manos en el regazo para que le dejaran de temblar.

–La verdad es que ha sido una sorpresa verla. La vi una vez con Alessandro, hace dos años –el orgullo le indicó que no siguiera, que conservara la dignidad, pero Carys se negó a jugar a las indirectas y a los secretos no expresados. Le daba igual que sus modales poco refinados no gustaran en el entorno de su futuro marido. Si iba a vivir allí, tendría que enfrentarse a ello–. Yo era la amante de Alessandro, pero me enteré de que iba a casarse con usted.

Ya estaba. Ya lo había dicho. Ya no se podía ocultar la verdad.

La princesa la miró con los ojos como platos y la boca abierta.

–¿Era usted? Creí que había alguien, pero Alessandro no me lo dijo.

–No –respondió Carys con amargura–. Me guardaba sólo para él.

–Pero está equivocada –se inclinó hacia delante y extendió la mano.

–No, *principessa*. Sé exactamente lo que pasó.

–Por favor, llámeme Carlotta. Y Alessandro y yo no teníamos intención de casarnos.

–¿Qué? –Carys se puso en pie de un salto.

–Ni tampoco éramos amantes. Veo por tu expresión que eso era lo que pensabas. Pero sólo hemos sido amigos.

Carys permaneció en silencio. «Amigos» solía ser un eufemismo para expresar algo más. ¿Trataba Carlotta de engañarla? ¿Qué motivos podía tener?

–Debes creerme, Carys –Carlotta sonrió, vacilante–. No había planes de boda, sólo era una idea de nuestras familias. La madrastra de Alessandro y mi padre la retomaron. Se había hablado de ello años antes, cuando éramos adolescentes, pero no llegó a cuajar. Alessandro y yo crecimos juntos, pero nunca hubo una chispa especial entre nosotros. ¿Me entiendes?

Carys la entendía. La chispa que Alessandro había encendido en ella había ardido como un fuego sin control de forma instantánea, arrasando con todo a su paso: sus dudas, su reticencia espontánea, todas las defensas que tenía. Pero había sido glorioso. Miró a Carlotta a la cara. ¿Sería verdad lo que le había dicho?

–Pero Livia me dijo...

–Livia estaba a favor del compromiso. Mi familia y ella creían que nuestro matrimonio serviría a los intereses de todos.

–¿Los intereses?

–Los negocios. Ya sabes lo mal que estaban las cosas tras la muerte del padre de Alessandro. No estaba nada claro que éste no fuera a perder la empresa.

No, Carys no lo sabía. Supuso que las cosas iban mal y trató de apoyar a Alessandro. Pero cuanto más lo intentó, más se refugió él en sí mismo.

–Se habló de una fusión de empresas para salvar la de Alessandro y potenciar la de mi familia. Además, yo atravesaba un periodo difícil y creyeron que casarme con él me protegería de mí misma.

–Lo siento, pero no te entiendo.

–Padecía anorexia y me estaba recuperando –dijo Carlotta mirándola a los ojos y desafiándola a que la condenara, pero Carys sólo se sintió horrorizada de que cualquiera, y mucho más aquella hermosa mujer, se viera afectada por semejante enfermedad–. Hace dos años acababa de salir del hospital. Con la ayuda de mi familia y de Alessandro, estaba comenzando a recuperar la seguridad en mí misma, a salir e incluso a pensar en volver a trabajar. Fue la fuerza y la insistencia de Alessandro lo que me hizo volver a la sociedad. Incluso aunque aquélla fuera una época difícil para él, siempre sacaba tiempo para ayudarme. Si no hubiera estado conmigo las primeras veces, ni siquiera el apoyo de mis padres me hubiera hecho salir de casa.

–Te vi con él en un hotel de la ciudad. Parecías la princesa de las hadas, toda vestida de color dorado –y ella nunca se había sentido más excluida al contemplar aquel mundo resplandeciente del que nunca formaría parte y al hombre que había perdido.

–Recuerdo esa noche –asintió Carlotta–. El hecho de que el vestido fuera largo y las mangas muy anchas ocultó el estado en que me hallaba.

–Nunca lo hubiera supuesto. Estabas impresionante –¿por eso parecía Alessandro protegerla tanto?, ¿porque le preocupaba su salud? Pero ¿por qué no le había dicho nada a ella?

–No me crees.

–Sí, te creo. Pero es que Livia me hizo creer a propósito... –le había dicho que Alessandro estaba comprometido con otra mujer de su mismo círculo social y que estaba con Carys para tener una última aventura antes de sentar la cabeza. Incluso le había enseñado una caja repleta de invitaciones de boda.

–Livia deseaba desesperadamente que nos casáramos. Hubo un momento en que pareció que la empresa se iría a pique, lo cual, aunque no quede bien decirlo, afectaría a su riqueza.

La idea de que Livia estuviera desesperada no se le había ocurrido a Carys. Parecía tan segura de sí misma, tan majestuosa, tan controlada. Pero, tal vez si su posición se viera amenazada...

–También otra persona me habló de la boda –en su

momento, las pruebas le parecieron incontestables, sobre todo cuando Alessandro se negó a darle explicaciones y afirmó lisa y llanamente que él nunca se portaría así y la acusó de serle infiel–. Conocí a tu primo, Stefano Manzoni.

–¿Conoces a Stefano?

–Apenas. Estuvimos tomando un café y luego me llevó a casa en el coche –Carys no le dijo que Stefano había considerado su desilusión con Alessandro como una invitación para coquetear con ella.

–Stefano tenía sus esperanzas puestas en la fusión. Cuando quedó claro que no se llevaría a cabo, dedicó grandes esfuerzos a intentar quedarse con la empresa, pero no lo logró. No era rival para Alessandro. Siento que mi amistad con él te causara perjuicios. De haberlo sabido...

–No fuiste tú.

Carys se inclinó hacia delante al ver cuánto lo sentía Carlotta e instintivamente aceptó que lo que le decía era verdad. Era mucho más probable que Livia, deseosa de conservar su posición social y de apuntalar la riqueza familiar, hubiera hecho todo lo posible para ahuyentar a una advenediza. ¡Y qué poco había tenido que esforzarse! Carys había sido el peor enemigo de sí misma, dispuesta a creer todo lo que le dijera. Al darse cuenta, se le revolvió el estómago. A pesar de que Alessandro se puso intratable y evitó todos sus intentos de consolarlo, si Carlotta decía la verdad, no la había traicionado. Se sintió emocionada al saber que le había sido fiel aunque no la amara, porque eso implicaba que, a pesar de que ya no hubiera ningún tipo de sentimientos entre ellos, se iba a casar con un hombre al que podía respetar.

–Pero ahora las cosas os van bien –dijo Carlotta con una sonrisa tan dulce que Carys no tuvo el valor de desengañarla–. Me alegro. Alessandro merece ser feliz –se puso de pie–. Y ahora tal vez podamos hablar del vestido. Tengo algunas ideas que espero que te gusten.

Alessandro colgó el auricular con el ceño fruncido. Todavía oía las excusas de Livia, que le había parecido muy nerviosa a pesar de que ese estado no fuera habitual en ella. Alessandro no estaba de humor para excusas. En Australia le había sido imposible hablar con su madrastra. Muy enfadado, se limitó a dejarle el recado de que volvía con su prometida y de que comenzara con los preparativos de la boda.

Le seguía irritando haberse enterado de que había vivido con Carys antes del accidente y que nadie le hubiera dicho nada después de salir del coma, que Livia se lo hubiera ocultado y hubiera dado instrucciones a los empleados de no referirse a la mujer que había sido su amante. ¡Como si necesitara que lo protegieran del pasado!

Las explicaciones de Livia no habían disminuido la furia que sentía. Daba igual que ella hubiera creído que Carys estaba intentado sacar tajada, atrapar a un hombre rico, o que ella ya se hubiera marchado o que los médicos hubieran dicho que lo mejor era que él solo fuera recuperando la memoria. Debían habérselo dicho.

Lo que le había dicho Livia de la posibilidad de casarse con Carlotta en aquel entonces carecía de sentido, pues él sabía que lo que Livia había pretendido era apuntalar de forma fácil la riqueza familiar. ¡Como si él hubiera estado dispuesto a renunciar a su responsabilidad de salvar la empresa solucionando sus problemas con el dinero de su esposa! Se frotó la barbilla al darse cuenta de que ya entendía por qué Carys creyó que la engañaba con Carlotta. Era evidente que Livia había exagerado sin límites la amistad que había entre ambos. Pensó en decírselo a Carys para demostrarle que era inocente, pero no le creería.

Se centró en la revelación más importante que le
había hecho Livia, que había insinuado que la relación había sido una aventura porque no la mostraba en
público y rechazaba todo tipo de invitación social. Eso
despertó su curiosidad. Había tenido muchas amantes,
pero nunca se había negado a ser visto con ellas en público, ya que ésa era una de las funciones que desem-
peñaban: acompañarlo a los numerosos acontecimientos sociales a los que debía acudir. Evitar la vida social
y preferir quedarse en casa con su amante, era una conducta sin precedentes. Y la única razón que se le ocurría
para justificarla era impensable: que hubiera estado totalmente absorbido por ella hasta el punto de no estar dispuesto a compartirla con otros.

Su capacidad de centrarse en lo que le interesaba
era una de las claves de su éxito en los negocios. Y a
pesar de que trataba de ocultarlo, su carácter posesivo
estaba muy desarrollado. De pequeño no le gustaba
compartir los juguetes y, de adulto, se aferraba a lo que
tenía.

Si hubiera sentido... apego por Carys, la habría reservado para él solo en vez de desfilar con ella ante los ti-
burones dispuestos a perseguir a una mujer atractiva.
Negó con la cabeza. Él no tenía relaciones serias ni
creía en el amor. Aquello era imposible.

Había demasiadas preguntas sin respuesta, y Carys
era la única que poseía la clave. Incluso la relación de la
familia de Carys con ella lo desconcertaba, pues ningún
miembro iba a ir a la boda, lo cual no era propio de las
familias que él conocía.

Salió de la habitación para buscarla y la halló en el
salón, tumbada en uno de los incómodos sofás antiguos que Livia había colocado allí. Con su falda, su
top y su cola de caballo, era un soplo de aire fresco en
aquella habitación de ambiente formal y cargado. Se le
acercó, pero ella no se movió. Una de las sandalias
le colgaba del pie; la otra estaba en el suelo. Él dirigió

la mirada a su pie descalzo, que, con las uñas pintadas de rosa, lo atraía de forma ridícula. Recorrió con la vista su tobillo, la pantorrilla, la rodilla y la parte del muslo que dejaba ver la falda. Recordó sus ágiles piernas rodeándole en la suite del hotel, el olor almizclado que despedía al estar excitada, el sonido de sus gemidos pidiendo más, el momento glorioso que habían compartido al estar a punto de consumar aquella... necesidad. Sólo con recordarlo sintió que se endurecía, que lo estaba deseando y que estaba preparado. Pero se resistió de forma instintiva.

Lo que le había dicho Livia le hizo detenerse. No podía ser verdad que Carys se hubiera vuelto tan importante para él antes del accidente. ¡Él que muy pronto había aprendido a no confiar en el amor ni en fidelidad del sexo femenino! Tenía que haber otra explicación de su relación con Carys y de cómo hacía que se sintiera: quería protegerla. Era ridículo, pues se trataba de la misma mujer a la que había pedido que se marchara por estar con otro hombre. Y sin embargo... Se sentía invadido por emociones turbulentas y desconocidas. Estaba habituado a que su vida discurriera del modo que había planificado, donde no tenían lugar las emociones, o no lo habían tenido antes de Carys.

A pesar de las horas que había dormido en el largo vuelo desde Melbourne, Carys tenía todavía manchas oscuras debajo de los ojos. La preocupación hizo un nudo en el estómago de Alessandro. Sin pararse a pensarlo, la tomó en brazos sin hacer caso de la sensación de familiaridad que lo invadió como una cálida ola cuando la aproximó a su pecho. Era evidente que ya la había tomado en brazos antes. La iba a dejar en la cama, donde descansaría mejor y después iría a ver a Leo.

Había acabado de subir las escaleras, cuando Carys se despertó. Entreabrió los labios al sonreír somnolienta. Unos ojos brillantes como las estrellas lo miraron y el deseo explotó en el interior de Alessandro tensándole todos los músculos del cuerpo. En vez de dirigirse a la habitación de Carys, giró hacia su suite automáticamente. Lo esperaba una tarde de placer redescubriendo los encantos femeninos de Carys. Aceleró el paso.

Entonces, la sonrisa de ella desapareció de sus labios y sus ojos dieron señales de alarma. Apretó la boca y trató de deshacerse de su abrazo. La excitación de Alessandro desapareció con la misma rapidez con que había aparecido. Ninguna otra mujer lo había mirado tan horrorizada.

–¿Qué haces? –le preguntó ella en tono acusador, al que él no estaba acostumbrado.

–Llevarte a la cama. Tienes que descansar.

La tensión de Carys aumentó y se puso rígida. Los ojos le echaban chispas.

–¡No! Tengo que ver a Leo.

–Nuestro hijo –Alessandro hizo una pausa para saborear las palabras– está en manos de una niñera muy capacitada.

Al ver que ella abría la boca para protestar, él se le adelantó.

–Más adelante buscaremos a alguien que se ocupe permanentemente de él, pero, de momento, puedes estar tranquila porque está en buenas manos.

Carys inspiró profundamente y él deseó no ser tan consciente de la suave presión del seno de ella contra su pecho. Era una refinada tortura.

–Puedo ir andando.

–Casi hemos llegado –afirmó él dirigiéndose otra vez hacia la habitación de Carys. Seguía sintiendo la tensión de su cuerpo sin saber a qué atribuirla. La inquietud volvió a apoderarse de él, así como el pesar por lo que había sucedido por la tarde.

–Siento que no te avisaran de que sería Carlotta quien vendría a hablar contigo del vestido de boda –lo dijo con lentitud, pues no acostumbraba a pedir excusas–. Me acabo de enterar ahora mismo –y le resultaba difícil creer que Livia hubiera hecho algo de tan mal gusto. Aunque él no confiara en Carys y ésta lo hubiera traicionado, su conducta y la de su familia debían ser irreprochables. A partir de aquel momento, sus propios empleados se harían cargo de los preparativos de la boda en vez de su madrastra.

–No pasa nada –dijo Carys–. Tuvimos una conversación muy... instructiva –por un momento lo miró a los ojos, pero apartó la mirada bruscamente.

A Alessandro le pareció evidente que no aceptaba sus disculpas y experimentó una curiosa sensación de vacío. Fue cuestión de un instante, pues enseguida la desechó y la sustituyó por el resentimiento al ver que ella dudaba de su palabra.

–Carlotta hará un trabajo excelente. Es una de las nuevas diseñadoras italianas con más talento.

–No me cabe ninguna duda. Tiene ideas muy inteligentes –parecía tan entusiasmada como si le fueran a tomar las medidas para la mortaja.

Alessandro se sintió herido en su orgullo. ¡Y pensar que había estado a punto de llevarla a su dormitorio! Empujó la puerta de la habitación de Carys y la depositó rápidamente en la cama como si fuera a contagiarle algo. Era preferible tener habitaciones separadas hasta después de la boda para que ella se acostumbrara a la idea del matrimonio y para que él pudiera dominar esos sentimientos no deseados que experimentaba.

–Te dejo descansar –le dijo y salió sin esperar respuesta y sin ver la angustia en los ojos de ella.

Capítulo 10

CARYS inspiró profundamente y se detuvo antes de entrar en la iglesia. Las voces de los fotógrafos y de los espectadores la ponían nerviosa y le recordaban que se casaba con uno de los hombres más ricos de Italia. Sólo la presencia de los miembros de seguridad de Alessandro mantenía a raya a la muchedumbre. Deseó haber aceptado la sugerencia de Alessandro de que uno de sus primos la acompañara hasta el altar, pero había mantenido una débil esperanza de que fuera su padre quien lo hiciera. Aunque no se trataba de un matrimonio por amor, sería para siempre en beneficio de Leo y porque Alessandro nunca la dejaría marchar. La ceremonia cambiaría su vida de forma definitiva.

Apretó los labios al tiempo que se alisaba la falda de seda. Incluso después de tantos años, el rechazo de su padre le causaba el mismo dolor. Recordó su etapa escolar en la que su rendimiento académico no había estado a la altura de las expectativas paternas. Tenía que haber sabido que su padre no acudiría a la boda y que sus hermanos tenían buenas razones para no hacerlo, a pesar de que Alessandro se había ofrecido a pagarles el viaje. Tenían mucho trabajo y le habían prometido que la visitarían más adelante, cuando las cosas estuvieran más calmadas.

—¿Está lista, *signorina*? —Bruno interrumpió sus pensamientos—. ¿Le pasa algo?

¡Todo! Se iba a casar con el hombre al que había adorado no por amor, sino para conservar a su hijo; no había amigos que la acompañaran; se sentía perdida al tener que incorporarse a un mundo aristocrático en el que nunca encajaría; y lo peor del asunto era que, a pesar de todo lo que había pasado, se temía que todavía sentía algo por Alessandro. Estar con él le había hecho revivir muchos recuerdos. Y lo que le había contado Carlotta, que él no la había traicionado, que no le había sido infiel, había despertado en ella unas emociones que creía haber erradicado.

Aunque él no la quisiera, era el mismo hombre del que se había enamorado unos años antes; más impaciente e implacable, pero tan carismático y enigmático como antes, y no un mentiroso y un traidor como había creído cuando lo dejó. Se sentía culpable por haber creído lo peor de él. Su propia inseguridad la había predispuesto a dudar de él. Los remordimientos dieron paso al deseo y quiso que aquel matrimonio fuera de verdad, por amor, no por conveniencia.

¡No! Alessandro no buscaba amor ni ella tampoco.

—Perdone, Bruno —Carys le sonrió, temblorosa—. Estoy haciendo acopio de energía. Es un poco abrumador.

—Todo saldrá bien, *signorina*, ya lo verá. El conde cuidará de usted.

Como lo había hecho de los preparativos de la boda, con una eficacia implacable que no admitía demoras. Ella era simplemente un elemento más de la lista: una esposa, una madre para su hijo. Reprimió una risa histérica.

—Claro que lo hará, Bruno. Gracias.

Ella era más fuerte que todo aquello y no iba a compadecerse de sí misma. Lo hacía por Leo, tenía que centrarse en eso. Echó los hombros hacia atrás y entró por la puerta que le sujetaba Bruno. El volumen de la música se elevó y cesaron los murmullos. Se dio cuenta de que un montón de caras se volvían a mirarla. Recorrió la multitud con la mirada, en vez de mirar hacia el final de la nave, donde se hallaba Alessandro esperando a convertirla en su esposa. Sentía una opresión en el pecho, pero las miradas ajenas la obligaron a continuar. Todos eran desconocidos para ella, amigos de Alessandro que sin duda estarían evaluándola para ver si estaba a la altura de sus expectativas.

Carys alzó la barbilla pues sabía que, por lo menos, estaba vestida para la ocasión. Carlotta había realizado un trabajo soberbio al hacerle un vestido austero, pero suntuoso, que hacía que pareciera incluso elegante. Al pasar, oyó los susurros, vio la envidia en los ojos de las mujeres y experimentó una sensación placentera. Y de pronto, allí estaban las tres primas de Alessandro, a las que había conocido dos días antes, con sus esposos e hijos, que le sonreían abiertamente y le hacían gestos de asentimiento con la cabeza. De repente, no se sintió tan sola.

Después estaba Carlotta, sonriendo de oreja a oreja y guapísima. Y Leo, aplaudiendo y llamándola desde los brazos de la niñera. Carys se inclinó y lo abrazó. Se volvieron a oír murmullos y sintió como si le clavaran un puñal en la espalda. Se volvió y vio a Livia, sonriéndole con frialdad, la persona que había tratado de separarla de Alessandro. ¿Cómo reaccionaría si supiera, que, a pesar de aquella farsa, eran prácticamente dos desconocidos?, ¿que la ceremonia era una parodia cruel de la que ella había soñado en otro tiempo? Su momentáneo placer se evaporó al darse de bruces con la realidad.

Y, por último, no pudo hacer caso omiso por más tiempo del hombre alto que se hallaba frente a ella, que irradiaba impaciencia por todos los poros de su piel. Carys apretó el ramo mientras luchaba contra el impulso de salir corriendo. Él extendió la mano y ella sintió un cosquilleo en la piel. No había escapatoria. Como una autómata, ella dio un paso hacia delante y Alessandro le agarró la mano, lo que le hizo sentir la energía inevitable que siempre le provocaba el contacto de su piel. Pero ni siquiera eso consiguió derretir el hielo de su corazón. Si se casaran por otros motivos...

Se sintió desolada. Si Alessandro recordara el pasado, aunque fuera sólo un poco de lo que habían compartido... Pero sólo ella recordaba la gloria y el dolor, el compañerismo y el éxtasis que había hecho que su relación fuera única.

Lo miró a los ojos y se quedó sin aliento al comprobar la intensidad que había en ellos. Trató de respirar sin conseguirlo. Comenzaron a temblarle las piernas y experimentó un atisbo de esperanza ante lo que había visto en su expresión, que casi le hacía creer...

El cura comenzó a hablar e instantáneamente, como si hubiera descendido el telón en un escenario, el rostro masculino se quedó sin expresión. ¿Se lo había imaginado? ¿Deseaba tanto creer que él sentía algo que se había inventado esa mirada? La débil esperanza se deshizo en su pecho. Lo que habían compartido estaba muerto y, en su lugar, ella había accedido a representar aquella farsa. Mientras se volvía hacia el cura, su instinto le dijo que estaba cometiendo un terrible error. Pero, por el bien de su hijo, seguiría adelante.

Horas después, muerta de fatiga, fue incapaz de oponerse cuando Alessandro la tomó en brazos frente a los invitados.

—No hay necesidad de proseguir la farsa —le susurró ella—. Las piernas me funcionan perfectamente.

—No se trata de una farsa —murmuró él mientras caminaba por el césped rodeado de aplausos—. En Italia, los hombres llevan en brazos a sus esposas al traspasar el umbral.

Carys observó la distancia que los separaba de la mansión y no dijo nada.

–Podrías tratar de sonreír –añadió él–. La gente espera que la novia esté contenta.

Ella mostró los dientes, más en una mueca que en una sonrisa. Tenía los nervios destrozados de fingir que era una novia feliz.

–No soy actriz –le dijo, totalmente afectada por su abrazo y haciendo esfuerzos para no rodearle el cuello con los brazos y apoyar la cabeza en su pecho–. Ya puedes bajarme. Hemos cruzado el umbral.

Él no contestó y se dirigió a la escalera central, que subió a toda prisa. Carys oyó vagamente más aplausos y risas de los empleados reunidos en el vestíbulo, pero nada consiguió distraerla de la mirada inescrutable de Alessandro, que giró a la derecha al final de la escalera.

–Mi habitación está a la izquierda –le dijo ella con una voz que le resultó irreconocible. Unió las manos con fuerza y el corazón comenzó a latirle muy deprisa.

La puerta estaba abierta y Alessandro entró y la cerró con el pie. Ella seguía en sus brazos y sintió su respiración agitada, aún más que al subir las escaleras. ¿Eran imaginaciones suyas que la abrazaba con más fuerza para atraerla hacia su fuerte pecho? Su cuerpo despedía un calor que la traspasaba y disolvía la tensión de sus músculos. Volvió la cabeza con cobardía, incapaz de mirarlo, por miedo a que él viera en su cara los restos del deseo que la seguía acosando. Por mucho que lo intentara, nunca conseguiría eliminarlo. Pero tenía que ocultarlo.

Comenzó a respirar de modo audible al ver la cama que ocupaba un extremo de la inmensa habitación. Una guirnalda de rosas colgaba del cabecero y pétalos rojos se extendían por las sábanas.

–Nuestro lecho matrimonial.

La voz profunda de Alessandro tenía una inflexión que ella hubiera estado a punto de jurar que era de satisfacción. Pero sabía que no deseaba intimidad, ni la deseaba a ella. Aquella unión era práctica, necesaria, un asunto legal. Quiso hablar, pero no le salieron las palabras. Y se percató de cómo el corpiño del vestido le realzaba los pechos y de la dureza de sus pezones. Enrojeció de vergüenza y calor en el vientre. Se removió en los brazos de él y rogó que no se diera cuenta de las reacción de su cuerpo.

–Tus primas han tenido mucho trabajo.

–Es otra tradición. Se supone que las rosas traen la felicidad a un matrimonio e incluso la fertilidad.

Carys estaba desesperada por escapar. No podía seguir manteniendo aquella fachada de compostura. Él hacía que sintiera cosas que no le estaban permitidas, que no podían ser.

–La unión ya es fértil. Tenemos a Leo y no...

Se calló al ver que él, en vez de dejarla en el suelo, la llevaba a la cama. Instantes después, ella aspiró el aroma sensual de las rosas. Automáticamente se sintió incómoda con la larga falda y el velo. Alzó la mirada y se quedó inmóvil. La expresión de deseo salvaje de Alessandro hizo que el corazón se le desbocara. Se dijo, sin creérselo, que era por miedo.

–No vas a condenar a Leo a ser hijo único, ¿verdad?

Alessandro miró a la mujer que ya era suya y experimentó una satisfacción como nunca había sentido, mayor incluso que la que le produjo volver a poner a flote la empresa familiar. Aquella mujer era su esposa. Y no debería sentirse así, porque sólo se trataba de una opción conveniente y razonable para salvaguardar los intereses de su hijo. Pero en aquel momento, los únicos que predominaban en el pensamiento de Alessandro eran los suyos propios.

Aquella semana había sido una prueba de resistencia más dura que ninguna otra. Había tenido que dominar repetidamente el impulso de hacer suya a Carys, de calmar el deseo y la sensación de que ella llenaría el vacío que experimentaba. Cuando la vio avanzar por la nave de la iglesia, había experimentado un deseo irresistible y había necesitado recurrir a toda su fuerza de voluntad para esperar y no echársela al hombro y llevársela a un sitio donde pudieran estar a solas.

Tumbada frente a él como una exquisitez en espera de su aprobación, Carys avivó un fuego en sus venas para el que sólo había un remedio: sexo. Alessandro tomó aire lentamente y aspiró el aroma a flores y a mujer que lo había perseguido toda la tarde. Carlotta había hecho un buen trabajo, ya que el vestido realzaba todas las curvas de su esposa. Se había vuelto loco en cuanto se lo vio puesto y se había pasado la mitad del banquete comiéndose con los ojos el escote de su esposa en vez de atender a los invitados. Al bailar, le había puesto las manos en la cintura, demasiado pequeña para una mujer que había dado a luz. No le importaba no recordar lo que había habido entre ellos. Lo único que importaba era el presente y dar rienda suelta a su desesperada lujuria. La espera que se había impuesto tocaba a su fin. Alzó la mano y se deshizo el nudo de la pajarita.

—¡Alessandro!

Su mirada era intensa, febril, como si el hombre totalmente controlado que conocía hubiera sido sustituido por un ser medio salvaje. Parecía peligroso, voraz. Había pasado de ser un magnate a ser un pirata en cuestión de segundos. Carys sintió un delicioso escalofrío, a pesar de que trataba de ser razonable. Dormir con Alessandro no resolvería nada si él no se sentía comprometido.

«Pero lo que quiere no es dormir», le susurró una voz demoníaca en su interior, mientras ella, fascinada, veía caer la pajarita al suelo. Alessandro comenzó a desabrocharse la camisa. Carys se echó hacia atrás en la cama.

–¿Qué haces? Esto no forma parte del trato –dijo sin aliento. Casi parecía una invitación.

–El trato era casarnos, *piccolina*. Ahora eres mi esposa –respondió él con un ronco gruñido, que en lugar de atemorizarla la encantó.

Carys cerró los ojos. Al abrirlos, Alessandro estaba a horcajadas sobre sus muslos. La recorrió con la mirada como si no tuviera aquel precioso vestido puesto, como si estuviera allí para que la tomara. Ella sintió un escalofrío que se burló de todas sus protestas lógicas. La verdad era que, despojado del barniz de las convenciones sociales, Alessandro resultaba aún más atractivo. Su machismo descarado excitó todas las hormonas de Carys.

–Alessandro. Realmente no quieres hacer esto –«ni yo tampoco», intentó decir sin conseguirlo.

Se había apartado de ella desde el momento en que supo de la existencia de Leo. Su fría distancia la había convencido de que para él era un objeto, fácil de usar y de desechar, sin valor intrínseco. El dolor volvió a apoderarse de ella y cerró los ojos. Llevaba toda la vida luchando contra la experiencia del rechazo y diciéndose que, en efecto, ella era importante.

–¿Que no quiero hacer esto? –le espetó él como un disparo–. ¿De qué hablas?

–Quieres que a los invitados les parezca que somos un matrimonio de verdad, pero ha sido suficiente con traerme hasta aquí. No hace falta seguir con la farsa.

–¿Qué farsa? –habló en voz baja, pero claramente indignada–. Estamos casados de verdad. Eres mi esposa de verdad. Y yo, tu marido, el único hombre de tu vida. Recuérdalo.

–No hay más hombres en mi vida –deseó que se apartara de ella. Estar aprisionada por su largo y ágil cuerpo le estaba destrozando el pulso. Lo sentía latir entre las piernas, en un sitio que de repente le parecía vacío y necesitado. El hermoso vestido la impedía respirar.

—Y, a partir de ahora, no los habrá. Recuérdalo.

—No necesito a ningún hombre —sólo necesitaba a Leo.

—Entonces no deberías haberte casado conmigo.

—No me vas a utilizar como si fuera un objeto, Alessandro. Nos hemos casado por el bien de nuestro hijo, pero no me vas a usar a tu conveniencia —le dolían las mandíbulas de la tensión y se esforzaba en hablar con calma, a pesar del torrente de emociones que sentía.

—¿A mi conveniencia? ¿Crees que esto es conveniente? —le agarró la mano y la puso en su entrepierna.

La mano de Carys tocó una enorme y poderosa dureza que se la llenó por entero. Tragó saliva al recordar toda la energía que había en su interior. El deseo la recorría de arriba abajo y apretó los muslos al sentir la húmeda prueba de que él la seguía excitando como ningún otro hombre. El pulso se le disparó cuando se inclinó hacia ella inmovilizándola con su fuerza superior y, sobre todo, con una promesa de placer en los ojos. La excitación sexual estalló en su interior. Y no debería desearlo, pero lo hacía con desesperación, a pesar del orgullo, a pesar de todo.

—Desde que vi tu foto, he estado excitado.

Ella vio en sus ojos un atisbo de confusión que se unió a la suya propia al observarlo. ¿La había deseado? ¿No la consideraba únicamente una fuente de información para recuperar la memoria perdida?

—He estado deseando a una mujer a quien ni siquiera conocía. Y en Melbourne... —gimió mientras se dejaba caer bruscamente entre sus piernas.

El gemido excitó terriblemente a Carys. La invadieron los recuerdos de Alessandro exteriorizando su deseo y su placer mientras permanecían unidos por la pasión. Se revolvió debajo de él en un infructuoso intento de aliviar la necesidad que experimentaba en su vientre.

–¿Sabes lo que supuso para mí dejarte ir?

Ella negó con la cabeza. Él era una persona con un gran control sobre sí mismo, pero al mirarlo a la cara, que expresaba un deseo incontrolable, comenzó a dudarlo.

–Por primera vez en dos años deseaba a una mujer, pero era evidente que no estabas preparada. Estabas agotada y agobiada por los cambios que se habían producido en tu vida.

¿Por primera vez en dos años? No debía de haberle oído bien. Alessandro era muy viril y disfrutaba del placer sexual. Cuando todo lo demás había desaparecido y su relación se volvió vacía, él siguió siendo un amante apasionado, con una necesidad feroz de ella y de darle placer.

–No trates de halagarme. No me importan las amantes que hayas tenido desde que estuvimos juntos –mintió ella–. Así que no tienes que fingir que...

–¿Y si es verdad? ¿Y si no hubiera habido ninguna otra después de ti?

Se quedó alucinada ante la idea de que Alessandro hubiera sido célibe y que sólo hubiera vuelto a sentir deseo al volverla a ver, como si el subconsciente lo hubiera reservado exclusivamente para ella. No, eso eran tonterías, las estúpidas imaginaciones de una mujer que había estado muy enamorada.

–No lo dirás en serio.

–¿Sabes una cosa? Me estoy cansando de que me digas lo que digo en serio o lo que siento.

Capítulo 11

S E APARTÓ de ella bruscamente. Carys estaba libre, la falda ya no le sujetaba las rodillas ni su mano estaba puesta en la parte más íntima de Alessandro. Se sintió aliviada, desde luego. Inspiró profundamente. En unos instante se levantaría y...

Unas manos poderosas le subieron desde los tobillos por las pantorrillas y las rodillas. Cuando Carys quiso reaccionar, habían llegado a los muslos y se habían detenido en las ligas que Carlotta había insistido en que se pusiera. Atónita, lo miró a la cara. Él observaba sus propias manos jugando con las ligas. Las sensaciones increíblemente eróticas que le producían sus caricias la dejaron sin aliento. Intentó incorporarse para apartarlo de sí, pero era demasiado tarde, pues él ya había subido más arriba y de un simple tirón le rompió las bragas.

La mirada de Alessandro detuvo el instantáneo movimiento de ella para cubrirse. Carys sintió que la sangre le hervía al ver aquella mirada: deseosa, posesiva, intensa... El aire se hizo más espeso y tuvo dificultades para respirar. La lana suave de los pantalones masculinos le rozó los muslos cuando él se puso de rodillas entre sus piernas y se las abrió. El deseo explotó en su interior y la sangre comenzó a circularle más deprisa en sus temblorosos miembros. Tenía que resistirse al poder de seducción de Alessandro. Pero en aquel momento, frente a la realidad del desenfrenado deseo masculino, su propio deseo anuló toda resistencia. Lo único en lo que pensaba era en que no la había traicionado, en que no había tenido otra amante cuando estaban juntos y, si decía la verdad, ni siquiera desde que se habían separado. Lo que sentía por él no había muerto.

—Lo único que me haría detenerme ahora sería que me dijeras que no quieres —Alessandro alzó la cabeza y la inmovilizó con la mirada—. ¿Vas a decirme que no quieres? —al tiempo que hablaba, uno de sus dedos se deslizó por los pliegues húmedos más sensibles y vulnerables de Carys.

Ella experimentó una sacudida ante la avalancha de emociones que le produjo aquella caricia íntima. Se sentía viva y llena de deseo. Abrió la boca para decirle que parara, pero el dedo de Alessandro se introdujo en su interior y los músculos de ella se aferraron a él. Casi sollozó de placer ante la suave e insistente caricia. Aquello era simplemente maravilloso. Hacía tanto tiempo y...

—Carys, estoy esperando que me contestes.

Era su última oportunidad, pero el ritmo y el ángulo de la caricia cambiaron, y el mundo estalló en mil pedazos a su alrededor mientras una oleada de sensaciones la invadía a causa del contacto de sus dedos. Sintió mucho calor cuando se produjo el repentino clímax, tan intenso y alucinante como ningún otro. Sólo la mirada de Alessandro la mantuvo entera. En medio de la exquisita delicia que abrumaba sus sentidos, los ojos de él no se apartaron de los suyos. Instantes después, él la penetró con un poderoso movimiento y las piernas de Carys le rodearon las caderas. Aquello era mejor, mucho mejor. Su virilidad la llenaba por completo. Lo sentía respirar en su cuello, mientras su pecho se apretaba contra el de ella y le frotaba los senos. Él le pasó los brazos por debajo del cuerpo y la levantó para que cada embestida le llegara más adentro.

Los músculos de ella habían comenzado a relajarse, pero incitados por la fuerza imparable de Alessandro, volvieron bruscamente a la vida. Al escucharlo decir su nombre, al sentir que sus dientes le arañaban el cuello, la tensión volvió a crecer dentro de ella y respondió a aquella pasión tan primitiva que nunca antes había experimentado del mismo modo. La fuerza que empujaba a Alessandro era tan elemental, que Carys sintió como si la hubiera marcado con un hierro candente de por vida. Y le encantó.

Una última embestida, y Carys miró a Alessandro a los ojos cuando una explosión más intensa que la primera los sacudió a los dos. Oyó que decía su nombre, se oyó a sí misma gritar, sintió el calor de la semilla de Alessandro en su interior al tiempo que una ola se los llevaba a los dos y se derrumbaban juntos.

A Alessandro le resultaba increíble haber perdido el control de aquel modo. Estaban discutiendo y un minuto después, él la embestía con la suavidad de un semental desenfrenado. Verla derretirse ante sus caricias, su expresión de asombro y de deseo lo había llevado al límite y anulado todas sus afirmaciones de ser un hombre civilizado. Con ella perdía el control, la sutileza y la compostura. Llevaba semanas tratando de controlar el deseo desesperado y creciente que lo consumía, pero no se había imaginado que el resultado sería tan brutal y bárbaro.

Se pasó la mano por la cara y se miró al espejo del cuarto de baño. Sus ojos brillaban de satisfacción y emoción porque Carys, su esposa, estaba en la habitación de al lado, en su cama.

Agarró una toalla y salió. Ella seguía como la había dejado, saciada, y con las medias y los zapatos puestos. Al verle las piernas, el vestido arrugado y el triángulo de pelo oscuro, sintió una descarga en la entrepierna. ¿Había sido siempre igual con ella? Nunca había reaccionado así ante otra mujer, y eso le preocupaba. Pero ya volvía a desearla y, la vez siguiente, antepondría las necesidades de ella para demostrarle que no era un bruto que no sabía seducir a una mujer.

Mientras se tendía, desnudo, en la cama de al lado, ella no se movió. El vestido que le había costado una fortuna era insalvable, pero no le importaba. Ella estaba medio dormida, exhausta después de la tosquedad con que la había tratado. Tenía que dejarla descansar, pero no podía dejarla dormir vestida, porque estaría incómoda. Le agarró un pie.

Carys, consciente sólo a medias, sintió que algo se le deslizaba por la espalda. Estaba en la cama, todavía con el traje de novia. Alessandro se lo había desabrochado y había introducido las manos para masajearle la espalda que ella, instintivamente, arqueó.

—Estás despierta.

Carys deseó haberse despertado sola. El recuerdo de lo que habían hecho no la abandonaba. El olor a sexo impregnaba el aire y le recordaba la facilidad con que había alcanzado el clímax y sus nulos intentos de escapar, cómo había sucumbido sin luchar a pesar de sus bellas afirmaciones de que no era un objeto. ¿Qué había hecho? ¿Cómo podría volverse a mirar a la cara?

—¿Estás bien? —le preguntó él mientras la agarraba por los hombros

—Sí —mintió ella al tiempo que trataba de eliminar el delicioso temblor que le había provocado el contacto de sus manos. ¿Acaso no tenía orgullo? Le sería muy fácil volver enamorarse de Alessandro. ¿Y adónde la llevaría una relación unilateral en la que ella se lo daría todo y él sólo lo que le conviniera? Pero era demasiado tarde. No había vuelta atrás. El amargo vacío con el que había vivido tanto tiempo había desaparecido, pero necesitaba tiempo para entender lo que todo aquello significaba.

—Voy a ayudarte a quitarte el vestido. No debes de estar cómoda.

—Puedo hacerlo sola —se movió hacia un lado de la cama para apartarse de él y no mirarlo a los ojos, pues estaba segura de que se daría cuenta del efecto que provocaba en ella. Se sentó y se sostuvo el corpiño con la mano. Se quedó inmóvil cuando Alessandro rodeó la cama y se puso frente a ella... desnudo, un Adonis revivido; un Adonis, excitado. Tragó saliva con dificultad y trató de que el corazón no se le desbocara. Acababa de experimentar dos veces un clímax de una intensidad inusitada, por lo que no debería tener más ganas. Cerró los ojos tratando de eliminar la imagen de Alessandro, de su potente virilidad frente a ella. Pero no había escapatoria: tenía la imagen grabada en el cerebro.

—Será más fácil si te ayudo, Carys.

Ella no dijo nada. Se quedó sentada, con los ojos cerrados, mientras le quitaba el velo. Él le apretó los hombros para que se levantara, y ella obedeció. Abrió los ojos y vio su expresión inescrutable. ¿Qué se esperaba? ¿El reflejo de las deliciosas sensaciones que ella había tenido un rato antes? Había sido arcilla en sus manos, tan ansiosa que ni siquiera se había podido quitar su precioso vestido. Sintió que las mejillas le ardían. Con él siempre le pasaba lo mismo.

—Ya sigo yo, gracias —pero él ya estaba tirando del corpiño. Lo miró a hurtadillas; él no le examinaba la piel desnuda, sino la cara.

—Déjame a mí.

Cuando le quitó el vestido, se dio cuenta de que ya le había quitado los zapatos y se quedó frente a él con el sujetador, las ligas y las medias, totalmente vulnerable. Pero el brillo de los ojos de Alessandro le impidió cubrirse. Sintió que algo crecía en su interior. Se sintió casi poderosa, deseada, incluso, durante un instante de locura, valorada.

—¿Hablabas en serio al decirme que no había habido nadie desde el accidente? —le preguntó antes de pensarlo dos veces.

Él se inclinó hacia ella mientras la agarraba por los

brazos. Ella creyó que no iba a contestar, pero finalmente asintió.

—Sí, no ha habido nadie —no parecía contento de reconocerlo, como si fuera algo que afectara a su masculinidad. Pero Carys sintió un júbilo tal que no se dio cuenta. ¿Llevaba todo aquel tiempo esperándola inconscientemente? Trató de desechar aquella idea absurda, pero no lo consiguió.

—Carlotta me dijo que no habíais sido amantes —le espetó—, y que no pensabas casarte con ella.

—Te dije que no me comportó así. Carlotta es una amiga de la infancia, nada más.

—Siento no haberme fiado de ti —alzó con cautela la mano y la puso sobre una de las suyas. No era ella la única culpable de que la relación se hubiera terminado, pero se dio cuenta de que su disposición a creer lo peor, alimentada por su sentimiento de no dar la talla y por las mentiras de Livia, había desempeñado un papel fundamental. Sintió un nudo en la garganta, mezcla de esperanza y miedo, mientras esperaba que le respondiera.

—Pues ya sabes la verdad. El pasado no importa.

«Claro que importa», quiso gritarle. Si hubieran sido capaces de confiar el uno en el otro, tal vez siguieran juntos todavía, juntos de verdad, no uncidos por el yugo de un matrimonio de conveniencia.

—Creo que no me traicionaste, Alessandro. ¿Te resulta tan difícil creer que no te traicioné?

Alessandro la miró y volvió a sentir una emoción extraña, que trató de rechazar. Era desconocida para un hombre que había construido su vida en torno a la lógica y a la autosuficiencia.

—Creo que no se gana nada reviviendo el pasado, sino que tenemos que crear un futuro juntos, con nuestro hijo —le pareció que los ojos de ella se llenaban de lágrimas, y le dolió que él fuera el culpable, pero se negaba a mentir ni siquiera para apaciguar a la mujer con la que iba a compartir la vida. Creer en la palabra de una mujer sin pruebas le resultaba tan extraño como respirar bajo el agua. Ella no podía pedirle en serio que aceptara, porque se lo decía ella a quien ni siquiera recordaba, que se había equivocado al acusarla de infidelidad. Debía de tener excelentes razones para acusarla y, hasta que no supiera más, se reservaba el juicio.

—Tengo que colgar el vestido —dijo ella mientras trataba de librarse de sus manos.

Aunque no lo acusó ni le hizo ningún reproche, él percibió su decepción y sintió algo parecido al pesar, lo cual no le gustó en absoluto.

—Después —le respondió. ¿No entendía ella que le daba todo lo que podía dadas las circunstancias?, ¿que ya se arriesgaba bastante al ligarse a una mujer desconocida por el bien de su hijo... y por la fuerza inexplicable que había entre ellos? ¡No! No estaba dispuesto a entrar en ese terreno femenino regido por las emociones en vez del sentido común.

—Esto es más importante que el vestido —la atrajo hacia sí deleitándose en el roce delicado del encaje del sujetador y de sus senos en su pecho. Sin darle tiempo a protestar la besó en la boca. Eso era real, tangible. La atracción entre ambos crepitaba y se retorcía como una corriente viva. Le puso una mano en la cabeza para sujetarla mejor mientras con la otra la apretaba contra sí. El deseo que lo consumía se burlaba de sus propósitos de autocontrol. Percibió vagamente que no la estaba seduciendo sino arremetiendo contra ella, pero no podía detenerse ni pensar. Poco a poco, la rigidez de Carys fue desapareciendo y le puso las manos en el cuello. Él se estremeció de placer cuando ella se apretó contra él como si tampoco pudiera saciarse de la poderosa pasión que los gobernaba.

Mucho después, cuando sus pechos se agitaron por

falta de oxígeno y la languidez de ella le indicó que estaba lista para que la tomara, recordó su resolución de seducirla. Le desabrochó el sujetador y se lo quitó. Tomó uno de sus senos en la mano. Su tamaño era perfecto para ésta. Ella suspiró cuando le besó y lamió el pezón, y gritó cuando se lo mordisqueó. Le agarró la cabeza con fuerza mientras él pasaba de un seno al otro. Él la empujó ligeramente y cayó en la cama. Antes de que pudiera protestar, ya estaba entre sus rodillas, con los hombros debajo de sus muslos. Su deseo era una fuerza imparable.

Comenzó a acariciarle el centro de su feminidad y le apartó las manos, que trataban de detenerle. Luego siguió haciéndolo lentamente hasta que el cuerpo de ella se arqueó buscando su mano. Se sintió aliviado al ver que el deseo de ella era tan potente como el suyo propio. Se sintió atrapado simplemente viendo y oyendo a Carys responder a sus caricias. Nunca le había afectado el placer de una amante de modo tan profundo. Quería darle más aunque todo su ser reclamaba su propia satisfacción.

—¡Alessandro! —su protesta desapareció cuando él comenzó a lamerla y a saborear su fuerte sabor salado. Era adictivo, al igual que el delicado temblor de sus piernas, con las que lo rodeaba. No necesitó mucho tiempo para llevarla al límite y se deleitó en su respiración jadeante, la sensación de su cuerpo curvándose hacia arriba, los estremecimientos que la recorrían de arriba abajo. Sonrió satisfecho, a pesar de que seguía reprimiendo su desesperada necesidad de liberarse. Tenía que demostrarle a Carys que en aquel momento comenzaba su vida en común y que era más importante que el pasado al que ella se aferraba y que él no recordaba. Quería agradarle, satisfacerla hasta que fuera totalmente suya, hasta que no deseara nada más. Lo que tenían era más que suficiente. Y Carys estaría sin duda de acuerdo después de volver a alcanzar el clímax. Se inclinó sobre ella para mirarla a los ojos, que le brillaban como una noche estrellada.

Entonces, sólo cuando ella hubo terminado, la penetró con delicadeza. Tembló por el profundo placer de estar dentro de ella. Ella lo atrajo hacia sí y lo abrazó. Y él se perdió en el éxtasis de ser uno con su esposa. Aunque pareciera imposible, fue tan delicioso como la vez anterior. Mejor. No lo entendía, pero dejó de pensar cuando ella lo rodeó con las piernas y le demostró cuánto lo deseaba.

Siglos después, los latidos del corazón de Alessandro disminuyeron, y él se sintió lo suficientemente recuperado como para separarse de Carys y ponérsela encima. Sólo entonces comenzó a funcionarle el cerebro. A pesar del placer increíble que habían compartido, sus pensamientos le inquietaban, sobre todo la sorprendente idea de que el sexo con Carys le producía un placer que no era simplemente físico, sino más profundo.

Capítulo 12

¡PAPÁ! ¡Papá! –los gritos de placer de Leo resonaron en la piscina cubierta de la mansión.

Carys alzó la vista del periódico y vio que Alessandro salía del agua como un dios marino, todo músculo y virilidad. Desde la noche de su boda habían dormido juntos, ya que le había sido imposible resistirse. Había vuelto a conocer el olor, el gusto y el tacto de su espléndido cuerpo, a descubrir la pasión y el placer que le producía. Sin embargo, conocer su cuerpo no disminuía la intensidad de sus reacciones. El mero hecho de verlo en bañador le aceleraba el pulso.

Alessandro lanzó a Leo hacia arriba y lo recogió al caer. El niño chillaba de alegría. Su hijo. Su marido. La emoción le hizo un nudo en la garganta. Los dos estaban desarrollando la clase de relación con la que ella siempre había soñado. Al principio, Alessandro anduvo con cautela, casi con desconfianza, como si tratar a un niño pequeño equivaliera a relacionarse con un extraterrestre. Pero, poco a poco, se había ido acostumbrando a él y había surgido la camaradería entre ellos, una relación basada en mucho más que el deber. Al principio, ella había temido que, aunque Alessandro se hubiera mantenido inflexible en que quería que su hijo estuviera con él, hasta el punto de casarse con ella, fuera la clase de padre que ella había padecido, el que se ocupaba de las necesidades de su hijo, pero nunca se relacionaba con él, el que considera la paternidad una obligación, sobre todo cuando el hijo resulta ser muy distinto de él y de sus hermanos.

–¡Papá! –la voz de Leo se hizo más aguda al pedirle a su padre que lo volviera a lanzar.

Carys sabía que ese tono era una señal inequívoca de que Leo estaba cansado y sobrexcitado y que, si continuaba jugando, acabaría llorando. Iba a prevenir a Alessandro, pero éste se le adelantó. Puso al niño en el agua y le fue mostrando los seres marinos que había en el mural de una de las paredes. Al cabo de unos segundos de lloriquear, Leo se interesó y trató de repetir las palabras que le decía su padre.

Carys se relajó. Alessandro comprendía al niño. Tenía una disposición innata para ser padre. Le gustaba estar con Leo. ¿Qué otra razón podía haber para que pasara tanto tiempo en la casa en vez de estar en su despacho? Aunque seguía trabajando mucho, su horario laboral se había hecho más flexible. Aquel día había llegado a media tarde, a una hora en que ella y Leo siempre estaban en la piscina, y llevaba media hora jugando en el agua con él.

Había hecho lo correcto: Leo y Alessandro estaban desarrollando una relación basada en el respeto y el amor, algo que sería para siempre y que ella siempre había deseado para su hijo. Lo tendría con los dos progenitores, aunque lo único que los mantuviera juntos fuera su hijo. Y la lujuria. Hizo una mueca, avergonzada al tener que reconocer el deseo que Alessandro provocaba en ella. Él lo perdería con el tiempo. Ella seguía siendo una novedad y estaba allí, disponible y dispuesta a acceder a todas sus exigencias.

Sin embargo, sólo Dios sabía cuándo se cansaría ella de él, porque, cada día que pasaba en aquella casa, cada noche que se acurrucaba en sus brazos, satisfecha después de hacer el amor, sentía renacer sus antiguos sentimientos. Trató en vano de resistirse, de recordar que no eran sentimientos recíprocos, que su matrimonio era de conveniencia. Pero había tomado una decisión: aceptar un matrimonio sin amor, aceptar lo que era mejor para Leo, aunque, para ello, la verdadera Carys fuera desapareciendo hasta que sólo quedara de ella la fachada de una mujer que no era nada más que la madre de Leo Mattani y la esposa de Alessandro Mattani.

¡Pero no debía pensar en esas cosas! Había tomado la mejor decisión: era evidente al ver a Alessandro y Leo juntos, que en aquel momento habían salido del agua y se hallaban frente a ella. Dejó el periódico y alzó los brazos para agarrar a su hijo sin mirar a Alessandro.

—Ven aquí, cariño. ¿Te lo has pasado bien?

—Papá —dijo el niño sonriendo mientras los ojos se le cerraban.

—Sí, has nadado con papá, ¿verdad? —seguía sin mirar a su marido porque le parecía que había algo inquietante en él. Reprimió un escalofrío y se concentró en secar a Leo—. Tiene que dormir —le dijo finalmente. Cuando estuviera en la habitación del niño, su deseo de Alessandro disminuiría. Si se quedaba más tiempo, él se daría cuenta de su nerviosismo y adivinaría la causa.

—Ya he llamado a Anna para que venga a por él —dijo Alessandro mientras le quitaba a Leo—. Le pagamos para que se ocupe de él. Así podrás seguir leyendo. ¿Lo ves? Leo está contento.

Así era. El niño comenzó a llamar a Anna en cuanto la vio entrar.

—De acuerdo —dijo Carys, que tenía la esperanza de que Alessandro se marchara en cuanto lo hiciera Leo. Volvió a agarrar el periódico, pero él se quedó mirándola. Sintió que la garganta y los senos le ardían. Que Alessandro la mirara la ponía nerviosa.

En vez de marcharse, él se tumbó en la hamaca que había al lado de la suya y lo hizo de lado para mirarla. Ella se estremeció de deseo. Trató de decir algo para romper el silencio.

–No he visto mucho a Livia desde la boda –la relación entre ambas era cortés y correcta, nada más. Carys no veía sentido a pedirle explicaciones por haberle mentido sobre Alessandro y Carlotta, pero tampoco se le olvidaba.

–Livia está muy ocupada –contestó él en un tono que a Carys le pareció de desaprobación.

–¿En serio?

–Sí.

Había destellos de ira, en sus ojos, era indudable. ¿Se habrían peleado Livia y él? ¿Se habría cansado él de una vez de su conducta esnob y manipuladora? Era demasiado desear. Pero Carys no se echó atrás. Sabía por experiencia propia el daño que Livia podía causar y tenía que saber lo que sucedía.

–Me habías dicho que vendría para aconsejarme sobre cómo desempeñar el papel de condesa.

–No desempeñas un papel, Carys. Eres la condesa Mattani, recuérdalo.

–Es poco probable que se me olvide –rodeada del lujo adquirido por los Mattani durante generaciones, se sentía una intrusa, una impostora. Seguía sin acostumbrarse a tener criados.

–No te preocupes, Livia continuará haciendo frente a las responsabilidades de condesa hasta que estés preparada para sustituirla. Pero creo que es mejor que, mientras tanto, alguien más compatible contigo y más de fiar, sea tu mentora.

¿Más de fiar? Parecía que Livia había caído en desgracia. Carys, que al fin y al cabo era humana, se alegró.

–¿En quién has pensado? –por unos segundos creyó que se iba a encargar él.

–En Carlotta.

–Me gustaría mucho –después de la tirantez inicial, se habían llevado bien. Le gustaban su franqueza y su ingenio–. Si a ella le parece bien –añadió con desconfianza.

–Estoy seguro de que sí. Ya me ha dicho que quería venir a verte.

–Pero no me ha llamado.

–No hay duda de que ha dejado que los recién casados tuvieran tiempo para ellos antes de empezar a hacerles visitas.

Carys lo miró perpleja, como si la idea de la luna de miel le resultara extraña. Él se sentía totalmente frustrado. Por muy apasionadamente que hicieran el amor, Carys siempre se las arreglaba después para poner una distancia entre ambos, tal como había hecho aquel día desde que había llegado a la piscina. Por supuesto que no quería que fingiera que lo adoraba, pero aquella distancia permanente fuera del dormitorio lo molestaba. Quería... En realidad, no sabía lo que quería, pero, claramente, no una esposa que lo tratara como a un desconocido salvo cuando estaba desnudo y dentro de ella. Entonces le respondía con todo el entusiasmo que él deseaba. Con sólo pensar en el sexo con Carys se despertó su virilidad, mientras ella seguía allí sentada, haciéndole preguntas sobre Livia.

Había creído que el matrimonio le daría un respiro en el deseo ardiente que experimentaba por Carys. Sin embargo, cuanto más la poseía, más la deseaba. Y no sólo en la cama. Se acarició la mandíbula para aliviar la tensión que experimentaba. Ella no se vestía provocativamente para atraerlo. A pesar de los fondos ingresados en su cuenta corriente, seguía llevando la ropa sencilla y barata de siempre, no prendas de diseño ni zapatos caros, ni siquiera lencería sexy. Y, sin embargo, a él le resultaba más atractiva que cualquier otra mujer en ropa interior de encaje que recordara. Envuelta en una gruesa toalla, con el pelo mojado y sin maquillar, hacía que el corazón le latiera muy deprisa.

Había vuelto a casa antes para estar con Leo, y realmente se lo había pasado muy bien con él. Pero no había podido evitar distraerse con Carys, sentada al lado de la piscina, tan enfrascada en la lectura que era evidente que su marido no le interesaba. No la entendía.

—Aún no has salido de casa —dijo él.

—No quería tener que enfrentarme a la prensa. No estoy habituada a que se me preste tanta atención.

—Organizaré una breve sesión fotográfica en pocos días. Les daremos la oportunidad de retratar a la feliz pareja. De ese modo, la presión disminuirá. Cuando quieras salir, díselo a los empleados y organizarán un dispositivo de seguridad. No tendrás nada que temer.

—Gracias —le dijo ella, de nuevo sin mirarlo a los ojos.

—Te indicarán los mejores sitios para ir de compras, que sin duda será una de tus prioridades.

—¿Para qué voy a ir de compras? ¿Para comprarme un traje para la sesión fotográfica? No hace falta. Carlotta me ha hecho un traje y un vestido. Estoy segura que uno de los dos servirá.

—Desde luego, pero querrás empezar a disfrutar de tu dinero y comprarte un nuevo guardarropa.

—No me hace falta. Tengo ropa suficiente hasta que llegue el invierno. Entonces me tendré que comprar un abrigo.

—¿Un abrigo? —el verano acababa de empezar. ¿A quién se creía que iba a engañar?—. Con todo ese dinero a tu disposición, ¿pretendes que me crea que no tienes interés en gastártelo?

—Ya sé que me das dinero para mis gastos...

—¡Dinero para tus gastos! —Carys era de lo que no había. Acababa de reducir su nueva fortuna a meros gastos domésticos—. Es mucho más que eso. Lo sé porque lo pago yo.

—No hace falta que emplees ese tono acusador —sus ojos lanzaban chispas, lo cual aumentó el enfado de Alessandro.

–Y tampoco hace falta que finjas que mi generosa pensión es una miseria.

–No sé de qué me hablas –Carys se había puesto rígida.

Alessandro se levantó y se puso a pasear a lo largo de la piscina para que se le pasara el enfado que los jueguecitos de ella le producían. Detestaba aquella forma de fingir. Lo siguiente serían sus quejas de que el dinero no le alcanzaba.

–Claro que lo sabes. Te leíste el contrato prematrimonial con tanto cuidado que debiste leer cada palabra por duplicado. Tienes dinero suficiente en tu cuenta corriente para llevar un modelo de Gucci, de Versace o de Yves Saint Laurent todos los días del año –le pareció que se había puesto pálida. Y al acercarse, observó la confusión de su mirada.

–No hablarás en serio.

Él se negó a manifestar la sospecha de que, sin ese incentivo económico, un día los abandonaría a Leo y a él.

–Tienes que vestir como corresponde a mi esposa. Pero todo esto ya lo sabes. Firmaste el contrato antes de casarnos, donde se especificaba todo.

Al ver que ella apartaba los ojos con expresión culpable y la forma en que se aferraba a los brazos de la hamaca lo detuvieron. Un instinto que había ido afinando al cabo de años de acuerdos comerciales le indicó que pasaba algo importante.

–Sí, lo firmé –se mordió el labio inferior con fuerza y se llevó las rodillas hacia el pecho. Parecía totalmente vulnerable. ¿Qué demonios le pasaba?

Alessandro siguió la dirección de su mirada hasta el periódico doblado y las gafas y se dio cuenta de que estaba en la misma página de noticias internacionales que estaba leyendo cuando él llegó.

–¿Qué te pasa, Carys? –era imposible que tardara tanto en leer una página. Ella lo miró con miedo–. Te leíste el contrato. Te vi –observó que tragaba saliva con dificultad.

–Empecé a hacerlo –seguía sin mirarlo–, pero creí que sólo decía que no obtendría nada de ti si me divorciaba. Así que firmé. No sabía nada de esa gran suma de dinero.

–Mentirosa –susurró él–. Te vi. Leíste la última página antes de firmar –vio que se sonrojaba, aunque seguía estando muy pálida. Una idea espantosa lo asaltó, una idea increíble.

–Sabes leer, ¿verdad?

–¡Claro que sé leer! –se incorporó con los ojos llenos de furia–. ¿Cómo iba a hacer mi trabajo si no supiera? Pero no leí el contrato. Empecé, pero estaba exhausta, estresada y... –hizo una pausa tan larga que Alessandro pensó que no seguiría hablando–. Y soy disléxica. Por eso llevo gafas con cristales tintados, porque me ayudan a concentrarme. Pero a veces, sobre todo si estoy cansada, me resulta casi imposible leer porque las líneas desaparecen y las palabras se unen entre sí. Los documentos legales son los peores.

Se produjo un silencio. A Alessandro se le contrajo el corazón al darse cuenta de lo que le había costado decirle la verdad. Quiso abrazarla, pero sabía que lo rechazaría.

–No es algo que vaya contando por ahí –prosiguió ella tratando de sonreír con labios temblorosos.

–Pero a mí me lo habías contado antes, ¿verdad? Cuando estábamos juntos –lo sabía, lo presentía, aunque no lo recordaba.

–Sí, lo sabías. Claro que sí.

Habían compartido no sólo la pasión, sino también los secretos. Alessandro volvió a tener la sensación de que estaba a un paso del abismo. Inspiró profundamente mientras trataba de entender lo que Carys le había revelado.

–Pero estás leyendo las noticias internacionales –en

un periódico famoso por sus análisis profundos e incisivos.

—Que lea lentamente no significa que sea tonta. Leo las noticias internacionales porque me interesan, aunque tarde más que otros. Hay días, como hoy, en que voy más lenta, ¿de acuerdo?

—De acuerdo —el sentimiento de culpa le corroía el pecho al recordar cómo casi la había obligado a firmar el contrato prematrimonial. Ya sabía que estaba exhausta y estresada, pero no tuvo escrúpulos para aprovecharse de su debilidad para obtener lo que quería, como habría hecho en cualquier transacción comercial. Pero aquello no era un asunto de negocios; no era tan sencillo.

—Lo siento —murmuró mientras ella se frotaba los brazos como si tuviera frío. Era evidente que la dislexia constituía un problema emocional para ella y que estaba a la defensiva—. No era mi intención insinuar...

—¿Que soy tonta?

—Por supuesto que no. Nadie lo pensaría.

—¿Eso crees? —sonrió con expresión dolorida.

—Carys, háblame —le dijo mientras la agarraba por los hombros y se los masajeaba para que disminuyera su rigidez. Su dolor le hacía sentir incómodo, nervioso, con deseos de protegerla.

—Todos creían que era torpe porque no sabía leer. Todo el mundo. Siempre estaba al fondo del aula. Incluso cuando llegué a la escuela secundaria y una profesora sospechó lo que me pasaba, a la gente le siguió resultando más fácil creer que era estúpida.

—Los niños pueden ser crueles.

—No sólo los niños. Mi padre es profesor universitario; mi madre tenía un negocio. Mis hermanos sacaban notas excelentes. A todos les resultaba difícil adaptarse a mí. No daba la talla.

—¿Adaptarse a ti? Tendrían que haberte animado y cuidar de ti.

–Prefirieron dedicarse a sus cosas.

El dolor que su voz traslucía indicó a Alessandro el escaso apoyo que le habían brindado, lo cual lo enfureció. Los niños necesitaban más de los padres que la mera satisfacción de sus necesidades básicas. De pronto se dio cuenta de que Carys y él tenían mucho en común: los dos habían tenido que cuidar de sí mismos desde muy jóvenes.

–Incluso cuando dejé de trabajar en empleos sin futuro y reuní el valor para matricularme en un curso de dirección de hoteles, lo consideraron algo menor, sin importancia –sus ojos carecían de expresión.

–Carys –la abrazó. El corazón le latía aceleradamente por las emociones que experimentaba. Se había enfadado con ella y había desconfiado de ella, pero, al ver el dolor que había tratado con tanto esfuerzo de ocultar, sintió compasión y una urgente necesidad de mejorar las cosas. El dolor de ella lo vivía como si fuera suyo. Nunca había experimentado semejante empatía por ninguna otra persona, ni un impulso tan poderoso de protegerla–. No eres alguien sin importancia, Carys. Eres una madre maravillosa. Todo el que vea a Leo se dará cuenta. Además, sobresales en tu trabajo –ya se había ocupado de averiguarlo en Melbourne–. Y no has consentido que la dislexia te impidiera estudiar. Eres una mujer especial. No lo olvides.

Le acarició la espalda lentamente y percibió que su tensión comenzaba a disminuir. Pero siguió abrazándola, y no sólo porque fuera la mujer que llevaba meses siendo el centro de sus sueños eróticos, sino porque quería consolarla. La ternura y los remordimientos que sentía después de haber escuchado su historia, y la ira al ver cómo la habían tratado, lo abrumaban. No quería pensar en la facilidad con que la había malinterpretado, pues, si lo hacía, tendría que considerar que también la había juzgado mal en otras cosas. Seguía recordando la pregunta que ella le había hecho en la noche de bodas: «Creo que no me traicionaste, Alessandro. ¿Te resulta tan difícil creer que no te traicioné?».

Capítulo 13

ALESSANDRO aspiró el aroma de los mechones de pelo esparcidos por la almohada. Se enrolló uno en el dedo y rozó con la punta el pecho desnudo de Carys. Ella se estremeció. A pesar de lo cansada que estaba después de hacer el amor, seguía respondiendo. Igual que él. Era como si ella se le hubiera introducido en los huesos, en la sangre. Pero seguía sin ser suficiente.

–Cuéntame cosas de nosotros –murmuró–. ¿Qué hacíamos juntos? ¿Cómo era? –se dio cuenta de que a ella se le había alterado la respiración. La miró y vio que se estaba mordiendo el labio inferior.

–¿De verdad quieres saberlo?

Él asintió. Necesitaba comprender más que nunca. Conocer el pasado podría ayudarle a entender el presente.

–Fue como una tormenta de verano, como un rayo surgido de repente. Fue repentino y abrumador, maravilloso y terrorífico; e innegable.

–¿Te refieres al sexo?

–No –hizo una mueca, decepcionada, y se subió la sabana para apartarle la mano.

–Dime, ¿qué hacíamos juntos?

–Todo. Me enseñaste a esquiar. Hacíamos senderismo y escalada. Te preparaba cordero asado al estilo australiano y tú me hablabas de los vinos italianos y de la historia de la zona.

Alessandro se sintió confundido. ¿La había llevado a hacer senderismo y a escalar? Le rodeó la cintura con el brazo y la apretó contra sí mientras todo comenzaba a dar vueltas.

–¿Qué te pasa, Alessandro? ¿He reavivado un recuerdo?

–No, ningún recuerdo –dijo en tono cortante, que no pudo evitar, ya que no se hacía a la idea de que probablemente nunca volvería a recordar. Pero lo que le sorprendió fue que hacer senderismo y escalada eran sus dos aficiones preferidas para desconectar del trabajo. Escalaba con uno o dos amigos, siempre hombres; y hacía senderismo solo. La idea de compartir su tiempo más preciado con una mujer lo dejaba perplejo.

–¿Caminábamos juntos por la montaña?

–Era maravilloso –respondió Carys asintiendo. El paisaje era precioso. Por la noche nos sentábamos a planear hacia donde nos dirigiríamos el fin de semana siguiente.

–¿En serio?

–No me crees –se apartó de él y se apoyó en el cabecero de la cama.

–Te creo –quería saber más cosas, pero no era el momento–. Háblame de Leo. ¿Cómo era al nacer? ¿Te diste cuenta desde el primer momento de lo inteligente que era?

La risa de su hijo emocionó a Alessandro, pero fue ver a su esposa sonriendo con Leo en brazos para que mirara por la ventana del ferry lo que le removió algo en su interior que ni siquiera sabía que existiese: la barrera que lo había separado de quienes trataban de acercársele demasiado. Llevaba semanas derrumbándose.

Día a día, la relación con Carys y Leo se había ido intensificando y convirtiendo en algo inesperado que nunca creyó que podría sentir. Y debería haberlo esperado con Leo, su hijo. A pesar de que sus padres nunca habían dado muestras de sentir nada por él salvo un ligero placer si se portaba bien y frialdad si los interrumpía en un momento inoportuno, sabía que tenía que existir un vínculo entre padre e hijo. Al enterarse de que tenía un hijo, actuó de inmediato para conseguir la custodia, desesperado por asegurarle al niño los cuidados de un padre que lo quisiera, aunque sabía que le quedaba todo por aprender sobre el amor. Lo que no había esperado es que se produjera con tanta facilidad.

La felicidad que Leo había llevado a su vida y el sentido de responsabilidad eran inauditos, y no los cambiaría por nada. Miró a Carys y observó cómo se le iluminaba la cara al sonreír. Toda una vida de relación con las mujeres le había enseñado que sería un estúpido si le entregara el corazón en bandeja a una de ellas. Y, sin embargo, en las semanas anteriores se había sentido a gusto con Carys, aunque sin dejar de ser consciente del deseo sexual que ya era una constante en su vida, pero relajado como nunca se había sentido con otra mujer. Tan relajado, que se veía obligado a recordar que, como el resto de su sexo, podía engañar a un hombre.

Sin embargo, al mirarla en aquel momento, encantada porque él había accedido a hacer algo normal, como ir a pasear en ferry por el lago, sin tener que subir a una limusina ni a ninguno de sus «juguetes de hombre rico», le resultaba difícil creer que fuera una fría calculadora.

Y lo más sorprendente era que no quería creerlo. Confiaba en ella, le gustaba, no sólo la deseaba. Era una mujer diferente de las demás. Su falta de interés por el dinero era genuina. Y aunque utilizaba la cuenta, se gastaba el dinero en juguetes y libros para Leo, no en ropa para ella. Era totalmente opuesta a su madre, cuyo instinto maternal era nulo. Carys era una madre maravillosa.

Alessandro se había dado cuenta de que el contrato

prematrimonial en el que le ofrecía una fortuna si se quedaba con Leo no hubiera sido necesario, ya que Carys no se separaría de su hijo por nada del mundo. Por eso le gustaba. Y por muchas otras cosas, como su espíritu indomable al no darse por vencida ante la dislexia y la sensación de no dar la talla; su inteligencia; su dignidad. Era la esposa de la que cualquier hombre se sentiría orgulloso en muchos sentidos.

Pensó en cómo habían hecho el amor aquella mañana, y su mirada se dirigió al liso vientre de Carys. Era posible que estuviera embarazada. Sintió una satisfacción primaria ante la idea de verla engordar debido al embarazo. Se lo había perdido la primera vez, pero, la siguiente, participaría en todo momento.

–*Signor Conte*.

Alessandro se distrajo de sus pensamientos para mirar a la mujer de pelo gris que había frente a él.

Un sexto sentido hizo que Carys se volviera a mirar a Alessandro. No estaba lejos y, con la cabeza inclinada, escuchaba a una mujer. La intensidad con la que lo hacía hizo que Carys presintiera algo malo. La mujer le resultaba familiar. Bruno, que estaba al lado de Carys, también los observaba y no parecía dispuesto a intervenir. Pero pasaba algo.

–Bruno, ¿puedes agarrar a Leo, por favor? –el guardaespaldas la miró sorprendido, pero ella se volvió hacia Alessandro. La mujer lo había tomado del brazo y él estaba muy pálido. La mujer inclinó la cabeza y Carys la reconoció: era Rosina, el ama de llaves de Alessandro cuando vivía en su casa de las colinas, detrás del lago.

Rosina había sido muy afectuosa con ella. La había animado cuando trataba de hablar en italiano. Y, sobre todo, se había preocupado de que comiera cuando la relación con Alessandro se había hecho añicos. Carys se apresuró por el pasillo para saludarla, pero estaba preocupada por la expresión helada de Alessandro. Lamentaba haberle pedido que se dieran un paseo en ferry en vez de en un barco privado para pasar un día normal con gente que no supiera quiénes eran. ¿Había sido un error?

Cuando llegó adonde estaba Alessandro, Rosina se había marchado y el ferry estaba llegando al muelle. Los pasajeros comenzaron a levantarse, pero Alessandro permaneció inmóvil, como si estuviera clavado en el sitio. El miedo se apoderó de Carys. A pesar de que no quería quererlo, se había vuelto a hacer un sitio en su corazón. Le proporcionaba mucho placer, la consolaba cuando lo necesitaba y hacía que se sintiera especial. No podía seguir fingiendo que Alessandro no le importaba, que no lo quería.

–Alessandro.

Él la miró como si no la viera. Después la atrajo hacia sí para apartarla de los pasajeros que se dirigían a la salida.

–¿Leo está con Bruno? Muy bien –su voz sonaba como siempre, pero parecía distinto.

–¿Qué pasa, Alessandro?

–Vamos –le pasó el brazo la cintura–. No pasa nada. Leo y Bruno ya vienen.

Carys sabía que pasaba algo, pero hasta que no llegaron a la mansión no obtuvo respuestas. Alessandro dejó a Leo en brazos de la niñera y se dirigieron al sendero privado que recorría el lago. Parecía distraído y caminaba a grandes pasos, por lo que ella casi tenía que correr para seguirlo.

–Alessandro, por favor. ¿Qué pasa? ¿Qué quería Rosina?

–¿Te acuerdas de ella?

–Pues claro que me acuerdo. Fue muy amable conmigo. ¿Sigue trabajando para ti?

–No. Cuando ingresé en el hospital, la casa de la montaña se cerró y Rosina se jubiló, cosa que había ido posponiendo, y se marchó a vivir cerca de su hija. Cuando salí del hospital vine a esta casa.

–Pero, Rosina te ha dicho algo.

–Que se alegraba de verme completamente restablecido. Que se alegraba de vernos.

–¿Se acordaba de mí? ¿Qué más te dijo?

–Nos felicitó por la boda –contestó Alessandro con expresión sombría–. Lo había leído en el periódico.

–¿Y? –Carys conocía muy bien a Alessandro y sabía que se andaba con evasivas.

De pronto, él se detuvo y se volvió a mirarla.

–Estaba allí el día que te fuiste.

El día que Alessandro le había dicho que se fuera, el día que la había encontrado alterada por haber tratado de mantener a raya a Stefano Manzoni y se había apresurado a concluir que había estado tonteando con él. Se había apoderado de él una furia intensa.

–Entiendo –dijo ella volviéndose hacia la balaustrada que los separaba del agua

–No, no lo entiendes –algo en su voz hizo que ella lo mirara, y su expresión la dejó perpleja–. Me ha dicho que, después de que te marcharas, no pude parar quieto y me dediqué a recorrer la casa de un extremo al otro. Veinte minutos después, salí corriendo hacia el coche, y parece que le dije que te iba a buscar.

Carys lo miró boquiabierta y el corazón le dejó de latir.

¿Que Alessandro había ido a buscarla? ¿Que quería que volviera? ¿Quería eso decir que se había dado cuenta de que sus acusaciones carecían de fundamento? Sintió que una ola de calor se apoderaba de ella al pensarlo.

–Pero no fuiste a la estación –había esperado mucho tiempo a que el tren llegara.

–No. Fue entonces cuando tuve el accidente, mientras iba a toda velocidad a buscarte.

Atónita, Carys lo miró a los ojos. La culpa sustituyó

al júbilo y tuvo que apoyarse en la balaustrada para no caerse.

–¡Carys! –la agarró con sus fuertes brazos y ella cerró los ojos para no ver el desagrado que sin duda expresarían los suyos.

¿Le echaría la culpa del accidente? Ella se culpaba. Se aferró a él y revivió el horror que había experimentado cuando se enteró de que había tenido un accidente. Pero aquello era peor.

Alessandro la abrazó y tuvo miedo ante su repentina palidez. Le acarició la espalda. Se dijo que todo saldría bien. Sin embargo, su mundo estaba patas arriba.

«Estaban ustedes tan enamorados que, por supuesto, fue a buscarla». Las palabras de Rosina resonaban en su cabeza. No era posible. Tenía que estar equivocada. ¿Amor? Trató de rechazar la idea como lo había hecho durante toda su vida, pero la emoción que Carys le producía había arraigado en su interior y no podía arrancarla. El hecho era que había ido a buscarla, desesperado si lo que decía su antigua ama de llaves era verdad, aunque estaba claro que era de naturaleza romántica. Era evidente que su memoria había adornado lo que sucedió.

Pero eso era lo de menos. Lo importante era saber si había cambiado de opinión porque se había dado cuenta de que se había equivocado con Carys o si había decidido que le daba igual lo que ella hubiera hecho. Cualquiera de las dos opciones lo retrataba como una persona emocional, tan afectada por la marcha de su amante que era incapaz de pensar con coherencia. No podía creerlo.

Pensó en los pocos hechos concretos que había logrado reunir sobre su infidelidad. Había vuelto a casa y había visto a Stefano Manzoni, alguien en quien no confiaba, alejándose de la casa a paso acelerado. Carys tenía la blusa desabrochada, el pelo suelto y la marca de un mordisco en el cuello. Ella reconoció que se habían encontrado en la ciudad y que la había acompañado a casa. Después había tratado de desviar la furia de Alessandro acusándole de serle infiel con Carlotta. ¿Qué más había habido que no recordaba? ¿Había algo más? ¿Se había equivocado tanto al acusarla como ella al creer que pensaba casarse con Carlotta? Fue sincero consigo mismo y reconoció la posibilidad de haberse precipitado a sacar conclusiones.

¿Esperaba inconscientemente que Carys le demostrara que lo único que le atraía de él era su dinero?, ¿que lo abandonaría por otro que pudiera darle más si las cosas se ponían mal? Eso era lo que había hecho su madre. ¿Se había autoconvencido de que Carys lo traicionaría? La abrazó con más fuerza y sintió los rápidos latidos de su corazón.

A pesar de aquellos recuerdos fragmentarios, seguía teniendo las mismas lagunas de memoria. Carys no las había rellenado y no podía seguirse engañando al creer que lo haría. Nunca recordaría esa parte de su pasado, ni tendría pruebas definitivas de la conducta de ella. Sólo disponía de los comentarios de quienes estaban allí: Rosina y Carys. Pero él tenía capacidad de razonar y de instinto. ¿Qué le indicaban ambos?

–Lo siento –murmuró Carys finalmente mientras se aferraba a su camisa como si quisiera impedirle que se fuera.

–¿Cómo dices? –él se echó ligeramente hacia atrás para oírla con más claridad.

–Lo siento. Si no hubiera sido por mí, no te habrías estrellado.

–¿Te echas la culpa?

–¿Y tú no me la echas? –recordó cuánto llovía aquel día. Por eso había aceptado la propuesta de un hombre de llevarla a casa en vez de esperar el autobús. Por eso y porque la noche anterior había visto a Alessandro con Carlotta. Él no había vuelto a casa aquella noche y ella había acabado por cansarse de esperarlo dócilmente. Si no hubiera sido tan ingenua, si no hubiera estado tan dispuesta a creer las mentiras de Livia...

—Claro que no. No seas absurda —respondió él con los ojos centelleantes—. ¿Cómo vas a tener la culpa? Era yo el que conducía a toda velocidad, y el conductor del otro coche iba en dirección contraria por mi mismo carril. No puedes llevarlo en la conciencia —la agarró por la barbilla con delicadeza, y Carys se estremeció ante su ternura, que le recordó la de otro tiempo. Él se inclinó y la besó en los labios.

Ella sintió que se derretía con la magia que sólo Alessandro era capaz de crear. Él le cubrió las mejillas, la frente y la nariz de besos suaves pero fervientes. El corazón de Carys se desbocó. Aquéllas no eran las caricias de un hombre desesperado por llevarla a la cama, no tenían que ver con el sexo, sino con la emoción, con la clase de emoción que ella guardaba desde hacía mucho tiempo.

—Perdóname, Carys —prosiguió él. Dejó de besarla, pero no la soltó. Ella abrió los ojos. La expresión del rostro de su marido la dejó sin aliento y le habría arrebatado también el corazón si no se lo hubiera entregado ya.

—¿A qué te refieres?

Él no dijo nada, y Carys tuvo la extraña sensación de que estaba armándose de valor.

—Los últimos años han sido duros para ti —murmuró él—. Te eché de casa y por eso estuviste sola durante el embarazo y el nacimiento de Leo, y sola para cuidarlo y educarlo.

—Sobrevivimos.

—Os privé a Leo y a ti de mi presencia —sonrió con tristeza—. No debí dejarte marchar ni dudar de ti.

–¿Cómo dices? –sus palabras dejaron muda a Carys. Vio el remordimiento en su cara, pero le resultó imposible de creer. Mientras él le acariciaba el rostro, tuvo la sensación de que algo precioso y milagroso la poseía.

–Yo soy el que tiene la culpa, Carys. No debí acusarte de traicionarme.

Carys lo miró a los ojos y lo que vio en ellos fue remordimientos, culpa, dolor... y esperanza. La sorpresa de que manifestara semejantes sentimientos hizo que perdiera el equilibrio, por lo que se agarró a sus hombros.

–No lo sabías. Y al fin y al cabo, yo creí a Livia cuando me dijo que te ibas a casar. ¿Te dijo Rosina en el barco que no había nada entre Stefano Manzoni y yo? –al ver que negaba con la cabeza, añadió–: Pero, entonces...

–¿Cómo lo sé? –le tomó la mano y se la puso más abajo del corazón–. Lo siento aquí. Llámalo instinto, si quieres. Mi sexto sentido lleva mucho tiempo diciéndome que no eras la mujer que creía, pero no le hacía caso. Hace dos años tuve que salvar la empresa y solucionar los problemas que mi padre había dejado. Eso es lo único que sé. Y también que decidí que todas las mujeres eran traicioneras. Supongo que estaba esperando que cometieras un error para que me demostraras que tenía razón.

Carys recordó la velocidad a la que había supuesto su infidelidad, como si hubiera estado dispuesto a creer lo peor. De pronto le pareció que había entrado en un mundo donde nada tenía sentido y, durante unos segundos de locura, cuando él le había deslizado la mano por su pecho y su corazón, llegó a creer que iba a decirle que era el corazón el que le había hecho cambiar, que la quería. Sintió renacer la esperanza y también sintió miedo.

–No te entiendo.

Alessandro se mantuvo callado tanto tiempo que a ella se le pusieron los nervios de punta.

–Digamos que llevo demasiados años siendo el objetivo de mujeres a las que sólo les interesa adquirir dinero y prestigio.

Carys lo miró fijamente. ¿Era posible que creyera lo que decía? ¿No se daba cuenta de lo increíblemente sexy que era? Ella se había enamorado desde el momento en que lo vio, y no sabía nada de su posición ni de su riqueza.

–Y antes de eso... –prosiguió él–. Mi madre se marchó cuando tenía cinco años. Dejó a mi padre por un hombre con más dinero y prestigio todavía. No volví a verla.

–¿Tu padre os mantuvo separados?

–A mi querida madre, yo no le interesaba –bufó Alessandro–. Desde el principio me dejó con niñeras. En cierto modo, no fue tan duro el golpe cuando se fue.

A pesar de su tensa sonrisa, Carys se dio cuenta de que mentía. Reconoció, con dolor, la antigua herida que ocultaba; saber que su madre no lo quería. ¡Qué terrible tenía que haber sido!

–Después de que se marchara –prosiguió Alessandro–, tuve muchas niñeras, la mayor parte más interesada en atrapar a un hombre con título que en cuidar a su hijo. Aprendí a no confiar en nadie.

Carys sintió deseos de borrar todos esos años de dolor y desconfianza, de acunarlo como si siguiera siendo aquel niño apesadumbrado por la pérdida de su madre.

–Pero eso no es excusa para mi comportamiento –le alzó la mano y le besó la muñeca y después la palma. La miró con ojos ardientes–. Carys, no recuerdo lo que hubo entre nosotros y probablemente no lo haré. Pero creo que me precipité en mis conclusiones y actué sin reflexionar. Al vivir contigo estos dos últimos meses, me he dado cuenta de que te juzgué erróneamente. Nuestra relación no debió haber acabado como lo hizo.

Carys creyó que el corazón le iba a estallar en el pecho al ver la calidez de su mirada.

–¡Sandro! –así lo solía llamar. El diminutivo llevaba mucho tiempo encerrado en su corazón.

–Déjame decirte algo antes –inspiró profundamente.

Carys, estupefacta, comprobó que vacilaba. Su instinto le dijo que aquello era algo muy serio. Se le contrajeron todos los músculos del cuerpo y casi dejó de respirar. ¿Era posible que sus secretas esperanzas se hicieran realidad?

–Nunca creí que sentiría esto por una mujer. Eres sincera, directa y cariñosa –sonrió–. Y estamos bien juntos, ¿verdad? –la miró con mucha seriedad, casi como si se sintiera vulnerable, mientras esperaba su respuesta.

Carys asintió mientras trataba de mantener la calma en medio de la mezcla de emoción, amor y deseo que experimentaba. Le apretó la mano deseando oír las palabras que llevaba tanto tiempo esperando: «Te quiero».

Él la atrajo hacia así.

–Confío en ti, Carys.

Capítulo 14

M E HAS oído, Carys? —Carlotta inclinó la cabeza hacia un lado, como si fuera un pajarito.

—Claro que te he oído —Carys le sonrió mientas trataba de centrarse en la conversación. Se preocupaba demasiado por lo que no podía ser. Vivía bien con Alessandro; más que bien. Era un padre excelente y un amante estupendo. Y era amable y atento. ¡Y confiaba en ella!

Hizo una mueca al recordar sus palabras y la profunda decepción que había sentido al escucharlas. Él le daba más de lo que había dado a ninguna otra mujer, todo lo que tenía para ofrecer. No era culpa de Alessandro no haber aprendido a amar y que no pudiera amarla. Un día conseguiría estar contenta, a pesar de que siguiera toda la vida anhelando ser amada. Estaba agradecida por lo que tenía y pronto dejaría de desear lo imposible. La mejor forma de conseguirlo era estar ocupada, como lo había estado los dos últimos meses.

—Sí, el profesor es estupendo. Me alegro de haber seguido tu consejo para contratarlo —habló en italiano, pues tenía que dominar la lengua—. Estoy progresando, ¿no te parece?

—Eres una maravilla —dijo Carlotta sonriendo–. Pronuncias muy bien, aunque te falta vocabulario. Tendrás mucho éxito cuando Alessandro empiece a recibir a gente de nuevo. Les resultarás encantadora con tu acento.

—¿Eso crees? —Carys echó una mirada alrededor del

caro restaurante que Carlotta había elegido para comer. A pesar de la ropa nueva que llevaba y de su determinación de adaptarse a la vida de Alessandro, a veces se sentía inquieta, como si fuera ajena a aquella vida y todos lo supieran. Que Alessandro la mantuviera apartada de sus obligaciones sociales tampoco era de gran ayuda. Era cierto que salían, que incluso invitaban a cenar a amigos de vez en cuando, pero era evidente que él había rechazado muchas invitaciones que normalmente hubiera aceptado. ¿Era porque temía que ella no estuviera a la altura?

—Lo sé, Carys. Según los rumores que corren, la joven condesa es encantadora y viste muy bien —Carlotta se echó a reír. Ella le había aconsejado a Carys a la hora de elegir nuevo vestuario—. Dime, ¿qué tal vas con el discurso para la comida de caridad anual?

—Tengo algunas ideas —cada año la condesa Mattani celebraba una comida de caridad en el salón de baile de la mansión Mattani. La recaudación, junto con una generosa donación de las empresas Mattani, iba a una organización caritativa de la elección de la condesa, una distinta cada año. Era una tradición que se remontaba a la época de la abuela de Alessandro, y se había convertido en un evento importante para la élite social italiana—. Estarás allí, ¿verdad?

—No me lo perdería por nada del mundo. Y Alessandro estará contigo.

Él aún no le había hablado de ello. Fue Carlotta quien se lo dijo. Aquella noche pensaba preguntarle a Alessandro para que le diera más detalles.

—Me tengo que ir —dijo Carlotta mientras hacía un gesto para pedir la cuenta—. Tengo una reunión con un cliente especial.

—Vete, ya pago yo. Me quedaré un poco más —volvía a sentir la sensación de náusea que últimamente experimentaba de vez en cuando.

—*Ciao, bella*. Te llamaré cuando vuelva de París.

Carys pagó la cuenta y trató de contener la excitación que la invadía, incluso con más fuerza que las náuseas. Sólo se había sentido así una vez: cuando se quedó embarazada de Leo. ¿Estaría embarazada otra vez? Un hermano para Leo, otro niño a quien querer y cuidar, pero esa vez con Alessandro a su lado. ¿Se pondría contento? No habían tomado precauciones, por lo que cabía esperar que no le disgustara la idea.

Se levantó y se dirigió al vestíbulo, donde había un grupo de mujeres mayores, bien vestidas. Reconoció una de las voces.

—Por supuesto, ya me lo esperaba. Pobre Alessandro. ¿Qué remedio le quedaba? La chica era la madre de su hijo. Pero ahora tendrá que atenerse a las consecuencias.

Carys sintió unas náuseas más intensas que antes, lo que le impidió darse la vuelta y marcharse. Además se había quedado clavada en el sitio ante el veneno que destilaban las palabras de Livia.

—No es de buena cuna, no tiene clase ni idea de cómo comportarse. No me imagino cómo va a cumplir sus responsabilidades como condesa. Por suerte, estaré en la comida de caridad. Alessandro me ha pedido que la presida, me lo ha rogado, y no puedo defraudarlo. Ambos sabemos que su esposa lo haría muy mal, y el apellido Mattani es muy importante para ser objeto de burlas.

Carys no siguió escuchando.

—Puesto que el apellido familiar es tan importante para ti, me sorprende que estés haciendo lo imposible para mancharlo —a pesar de la bilis que sentía en la garganta, consiguió mantener la calma y el control. Pronunció con tanta perfección cada palabra que su profesor hubiera estado orgulloso.

Livia se dio la vuelta. Se había sonrojado. Carys miró a la mujer que había tratado de destruir lo que Alessandro y ella habían compartido y, por primera vez, vio la codicia y la insatisfacción que había más allá de la ropa cara y la elegancia.

—Cualquiera diría que tienes un interés personal, que estás enfadada porque la esposa de Alessandro, una mujer más joven, te ha sustituido.

Livia la miró con los ojos como platos y del grupo de mujeres se escuchó una risa ahogada. Carys estuvo tentada de echarle en cara sus mentiras y maquinaciones. Pero se negó a seguirle el juego y a ser pasto de habladurías.

—Pero las dos sabemos que eso es una tontería, ¿verdad? En cuanto a la comida de caridad, no hay duda de que ha habido un malentendido. Procuraré que se resuelva y te enviaré una invitación, Livia. Espero que tus amigas te acompañen —no experimentaba satisfacción ni sensación de triunfo, sino un frío pesar en la boca del estómago—. Tengo que irme, pero le diré a Alessandro que te invite a comer un día de éstos. *Ciao*, Livia —la besó en las mejillas y después se concentró en sus pasos para llegar a la puerta.

Cuando se montó en la limusina, su control se había hecho añicos. Temblaba y volvía a sentir náuseas. Trató de revivir la sorpresa y la derrota que expresaban los ojos de Livia, pero sólo recordó sus palabras: «¿Qué remedio le quedaba? Su esposa lo haría muy mal. Me lo ha rogado».

No, Carys no se lo creía. Alessandro no le haría eso. Livia había vuelto a mentir. En cuanto dejara de temblar, le llamaría para confirmarlo.

Alessandro le había dicho que confiaba en ella, y parecía tan sincero que le creyó sin vacilar. Sin embargo, la confianza adoptaba distintas formas. Tal vez, él confiara en su palabra, pero no la creyera adecuada para ser la esposa de un hombre de negocios archimillonario. Y nadie podría reprochárselo, pues ella no había crecido en su mundo, no conocía las reglas y, tal vez, él creyera en secreto, como otros, que sus problemas de lectura eran un reflejo de su capacidad en otros campos.

Volvió a sentir náuseas, y estuvo los minutos siguientes tratando de acallar la voz de la duda y el dolor que le causaba. Por fin consiguió controlar las náuseas y miró por la ventanilla. Tomó una decisión: por mucho que una parte de sí misma estuviera tentada de coincidir con Livia en que no sabía cómo comportarse en aquellos círculos sociales, estaba allí para quedarse. Era la esposa de Alessandro Mattani y les demostraría a todos, e incluso a sí misma, que podía hacer frente a todo lo que eso suponía. Se lo debía a ella misma y a Leo.

Se pasó la mano por la tripa. Si iba a criar a sus hijos allí, no podía permitirse hundirse en la oscuridad como había hecho cuando era más joven. Ya sabía lo que era y no quería volver a experimentarlo. Estaba cansada de sentir que no estaba a la altura de lo que los demás esperaban de ella. Así que sacó el teléfono móvil del bolso y llamó a Alessandro al despacho. No hizo caso de la sensación de miedo que sintió, sino que pensó en que Alessandro confiaba en ella.

Alessandro bajó del coche y subió la escaleras a toda prisa. La puerta principal se abrió antes de que llegara a ella.

–¿Dónde está mi esposa?

–Creo –le contestó Paulo– que sigue en la piscina. El señorito Leo se ha bañado y está durmiendo la siesta.

–Muy bien –lo que tenía que decir era mejor hacerlo en privado. Se dirigió a la piscina a grandes zancadas.

Iba en el coche de camino a casa cuando le llamó su nueva secretaria para decirle que su esposa había llamado para preguntarle acerca de la comida de caridad.

Cuando la secretaria había comprobado los detalles, había visto que la anterior secretaria, que lo había sido de manera temporal, había dispuesto que Livia presidiera el evento, a pesar de las instrucciones expresas de Alessandro para que su madrastra no volviera a representar ni a la familia ni a la empresa. Se sintió furioso con Livia, con las secretarias temporales incompetentes y consigo mismo por no haber comprobado los detalles.

Avanzó deprisa por el pasillo mientras la voz de la secretaria resonaba en su cerebro: «No, no ha dejado ningún mensaje ni ha dicho nada».

Alessandro tuvo un mal presentimiento. Sabía que Carys a veces no estaba segura de sí misma y conocía las cicatrices que su familia le había dejado. Entró en la piscina mientras se quitaba la chaqueta y la corbata. Carys nadaba con fuerza en la piscina.

Carys llegó al final de la piscina. Estaba muy cansada, pero seguía furiosa. Haría unos largos más hasta tranquilizarse un poco.

–Deja que te ayude a salir.

Automáticamente, ella se apartó, pero Alessandro se adelantó, la agarró del brazo y con su extraordinaria fuerza la sacó del agua. No quería hablar con él todavía. Quería estar tranquila y recuperarse de haber sido traicionada. Al fin y al cabo, sólo era una comida. Sin embargo, lo vivía como algo más, como si una vez más no hubiera estado a la altura. Como la vez anterior, cuando él no había confiado en ella lo suficiente como para presentársela a sus amigos; como todas las veces que sus padres la habían menospreciado. Parecía condenada a no estar nunca a la altura de las expectativas ajenas.

–Mírame, Carys.

Lo miró. Estaba en medio de un charco de agua que se había formado del agua escurrida del cuerpo de ella. Se había mojado los pantalones al sacarla, y la camisa se le ajustaba al cuerpo de un modo que ella sintió deseos de acariciar su torso escultural, lo cual aumentó su furia.

—Llegas pronto —se mordió el labio inferior y miró por encima del hombro de Alessandro.

Él le alzó la barbilla con un dedo para que lo mirara. No hubo manera de no hacerlo ni de observar la compasión que había en sus ojos. Pero ella no necesitaba que la compadecieran. Necesitaba mucho más.

Se había casado con él fingiendo que no lo quería, pero, en el fondo de su corazón, sabía que estaba condenada a quererlo por muy distintos que fueran sus sentimientos y circunstancias mutuos.

A Alessandro estuvo a punto de parársele el corazón al ver sus ojos enrojecidos. Su indomable Carys había estado llorando. Se quedó anonadado. La agarró con más fuerza, pero se contuvo para no atraerla hacia sí. La resolución que se veía en su mandíbula y el brillo helado de sus ojos le advertían que no lo hiciera.

—Te lo puedo explicar.

—Estoy segura —dijo ella con amargura—. Supongo que te han dicho en el despacho que te he llamado y que ya sabía que le habías pedido a Livia que ocupara mi puesto.

—No es así —le puso las manos en los hombros y le acarició los brazos en un gesto de consuelo.

—¿Ah, no? —apartó la mirada—. Crees que no estoy capacitada para desempeñar el papel de condesa.

—¡No digas eso! —detestaba que hablara de desempeñar un papel como, si en algún momento, fuera a cansarse de actuar y a marcharse. Le apretó los brazos y se dispuso a luchar por lo que era suyo.

—Así que le pediste a Livia, le rogaste que ocupara mi lugar.

–Ha habido un error, Carys.

–¡Y que lo digas! –trató de zafarse de sus manos, pero él no la soltó. Sus ojos expresaban ira y dolor a la vez. Comenzaron a temblarle los labios–. Soy tu esposa, Alessandro, no una empleada de la que puedes prescindir si crees que no está cualificada para el trabajo. Me manipulaste para que me casara contigo; no me diste otra opción. Ahora es demasiado tarde para decidir que nuestro matrimonio no es un buen negocio.

–Espera un momento –dijo él. Carys había puesto el dedo en la llaga. Él se sentía culpable por haberla obligado a casarse, por haberse aprovechado de alguien que carecía de recursos para oponérsele. Se había comportado brutalmente al llevarla a su casa y meterla en su cama.

–¡No, no espero! –lo fulminó con la mirada. En sus ojos había casi odio.

Alessandro sintió un miedo desconocido. No podía perderla. Era imposible.

–No soy un accesorio que sacas y enseñas al público cuando te interesa tener una esposa complaciente y que echas a un lado cuando te relacionas con tus amigos aristócratas.

–¡No creerás que eso es lo que he hecho! –su indignación se mezcló con la compasión–. Te he dado tiempo para que te adaptes y he intentado no abrumarte. Sé que esto es muy distinto de tu vida anterior.

Ella no lo escuchaba y se limitaba a negar con la cabeza mientras le ponía las manos en el pecho y lo empujaba como si quisiera que se marchara. Él no se movió. A él no lo echaba nadie, ni siquiera Carys.

–Estoy cansada de esto, Alessandro, de que me menosprecies, de tener que conformarme con menos.

–¿De conformarte? ¿A qué te refieres?

–A este acuerdo nuestro tan conveniente. No puede seguir así. No puedo...

–¿Conveniente? –Alessandro trató de contener el

pánico que lo asaltó–. Me acusaste de lo mismo la noche de nuestra boda. Te equivocaste entonces y te
equivocas ahora –después de todo el tiempo transcu-
rrido, volvían a estar como al principio. ¿Por qué no
veía ella lo importante que era aquello? Lo importante
que eran ellos–. ¿Crees que nuestro matrimonio me resulta conveniente?

Ella lo miró a los ojos sin pestañear.

–Creo que tienes lo que deseabas, Alessandro. Pero
no es suficiente para mí.

Él se negó a escuchar que Carys le pidiera el divorcio. En su interior estallaron emociones tumultuosas
como jamás había experimentado que hicieron añicos
su autocontrol y lo dejaron sin defensas ante el dolor
que lo traspasaba.

–¿Crees que esto es conveniente, Carys? –la besó
en la boca con dureza, como si fuera de su propiedad,
casi con brutalidad, pero ya no podía controlarse. Ella
era suya, totalmente suya. Nunca se había sentido tan
bien como abrazándola y besándola. La atrajo hacia sí
y la abrazó como si no fuera a soltarla nunca. La necesitaba. Sin ella estaba incompleto. Era una certeza que
se reafirmó al sentir el corazón de ella latiendo al
mismo tiempo que el suyo y al ver que lo besaba con
la misma furia–. ¿O esto? –le lamió desde el omóplato
a la oreja y sintió que ella se estremecía y dejaba de
respirar de puro placer–. No es nada conveniente lo
que siento por ti, Carys. Me niego a renunciar a la mujer que amo. ¿Me oyes? No vamos a hablar de divorcio
porque no voy a renunciar a ti.

La volvió a besar al tiempo que la levantaba del
suelo pasándole un brazo por las caderas y el otro por
el torso y apretándola contra sí como si quisiera que
sus cuerpos se fundieran en uno. Pero eran uno. Se
pertenecían mutuamente.

–Sandro...

–No –su lado cobarde no quería oír sus ruegos para

que deshicieran el matrimonio. Volvió a besarla mientras daba unos pasos con ella hasta que su espalda tocó la pared. Carys estaba atrapada en sus brazos, no podía escapar, y él se concentró en estimular sus sentidos con toda la pasión que había en su interior.

Ella le respondió con el ardor habitual; incluso con más. Tal vez, pudiera convencerla.

—Sandro —la necesidad de respirar hizo que ella volviera a decir su nombre. Le puso los dedos en los labios para que no la volviera a besar y pudiera hablar.

—Sandro, por favor.

Había emoción en su voz. A él se le encogió el corazón de terror al darse cuenta de que no podía seguir posponiendo lo inevitable. Se apartó para mirarla a la cara, pero sin soltarla.

—¿Me quieres? —los ojos de Carys expresaban asombro y dudas.

Él era un hombre orgulloso que había aprendido desde pequeño a no confiar en nadie, pero lo que sentía era tan inmenso que no lo podía ocultar.

—¿Lo dudas, Carys? —le acarició la frente, la mejilla y los labios—. Creo que te quería ya antes de ver tu foto en el folleto. Y, desde luego, desde el momento en que te tuve en mis brazos en la suite del hotel, cuando estuve a punto de morirme de placer al tenerte conmigo —tragó saliva porque se le estaba formando un nudo en la garganta—. Y cuando te vi con nuestro hijo... —la besó con dulzura—. No sabía lo que era el amor hasta que te conocí. Ahora lo sé. Es la maravillosa sensación que experimento cuando pienso en ti, cuando recuerdo tu sonrisa. Es el deseo de protegerte y cuidarte todos los días del resto de nuestras vidas, el deseo de compartir mi vida contigo. Me moriría si te fueras. Antes de conocerte vivía sólo a medias. Por favor —ya no le importaba abrirle su corazón y mostrarse vulnerable. Lo único que le importaba era que Carys siguiera con él.

–¡Oh, Sandro! –lo besó en los labios con fervor y él sintió que las lágrimas de ella le mojaban las mejillas–. Sandro –repitió ella mientras lo besaba en la barbilla, los labios y la cara–. Te quiero mucho. Siempre te he querido, pero creía que nunca sentirías lo mismo por mí.

Él se estremeció a causa de la sorpresa, pero, al levantar la cabeza, vio la sinceridad de su expresión. Carys brillaba como si una luz la iluminara desde dentro. A pesar de todo, aún seguía sin creerla.

–Pero querías dejarme. Acabas de decirlo.

Su sonrisa, a pesar de los ojos llorosos y la cara bañada en lágrimas, fue lo más hermoso que había visto en su vida.

–No, no podría hacerlo. Jamás. Me quedaré para siempre, Sandro. Lo que quería decir antes era que no podía aceptar un matrimonio que no fuera real, con responsabilidades de verdad. No podía soportar que te avergonzaras de mí, no dar la talla para ser tu condesa.

–No vuelvas a decir eso, *piccolina*. Eres la esposa perfecta en todos los sentidos –se deleitó en sus propias palabras–. Con respecto a la comida –prosiguió–, ha habido un error. No invité a Livia a ocupar tu puesto, sino que...

El beso de ella le impidió seguir hablando, seguir pensando. Lo besó con toda la dulzura y la ternura que confiere el amor. Y Alessandro sintió cómo le penetraba en los huesos. Y le devolvió lo que ella le ofrecía con tanta generosidad.

La amaba. La amaría hasta el fin de sus días. Saberlo era glorioso, aterrador y maravilloso.

Cuando por fin se separaron unos centímetros, ella susurró:

–Me lo cuentas después.

–Pero es importante para que lo entiendas.

Ella le sonrió y el corazón de Alessandro dejó de latir.

–Y lo haré, Sandro –dijo ella mientras él recuperaba el pulso–. Pero puede esperar. No hay hada más importante que esto –lo agarró de la barbilla y lo miró a los ojos–. Te quiero, Alessandro Leonardo Daniele Mattani, y vamos a ser muy felices.

Capítulo 15

UNA VEZ más, gracias a todos por su generosidad –Carys echó una mirada alrededor del salón de baile, lleno de gente que le sonreía. Se sintió enormemente aliviada. Quienes habían acudido a la comida la habían acogido con entusiasmo y generosidad–. Y, por favor, cuando acaben de comer, salgan a disfrutar del jardín.

Hizo un gesto con la cabeza y las cortinas se descorrieron y se abrieron las puertas que daban al jardín. Llegó el sonido de risas infantiles mezclado con el de la música. Se había instalado un parque infantil y los destinatarios de los fondos que se recogieran ese día se divertían en él. Algunos niños procedían de orfanatos; otros padecían una discapacidad; y otros se recuperaban de una enfermedad grave.

Carys bajó del podio entre los aplausos de los asistentes. Buscó con la mirada a Alessandro, que estaba al fondo de la sala. Su gesto de asentimiento y su sonrisa le confirmaron lo que por sí misma veía: que la comida y el discurso que tanto le había costado preparar habían sido un éxito.

Supo que estaba orgulloso de ella. Pero fue el amor que expresaba su mirada lo que le llegó al fondo del corazón.

Tardó mucho tiempo en cruzar el salón andando entre las mesas, ya que tuvo que pararse a hablar con quienes conocía y con otros deseosos de conocerla. Cuando llegó adonde estaba Alessandro, le pareció que había estrechado cientos de manos y respondido a

miles de preguntas. Y estaba encantada. Le había con-
movido el apoyo de los invitados a las causas caritati-
vas que había elegido.

–Tienes un talento innato para esto –le dijo Alessandro mirándola con aprobación. Le tomó la mano y
se la llevó a los labios. Inevitablemente, ella se estremeció, y él sonrió al reconocer el efecto que le producía–. Les has hecho reír e incluso llorar. Nunca había
visto semejante entusiasmo en un evento para recoger
fondos.

Carys miró a Leo, contento y con los ojos brillantes, en brazos de su padre. Se llenó de alegría al verlo
tan feliz y al sentir el vínculo que los unía a los tres.

–Muchos de ellos son padres. Además, ¿quién va a
negarse a ayudar a esos niños y a hacerles la vida un
poco más fácil?

Alessandro la atrajo hacia sí con el brazo que tenía
libre y ella se le acercó, contenta de que la abrazara.

–La industria hotelera perdió un tesoro cuando te
marchaste –murmuró él–. Pero no voy a devolverte. Eres
la perfecta condesa Mattani. Eres perfecta para mí, *piccolina* –inclinó la cabeza.

–Sandro –siseó ella–. No podemos. Aquí no.

Él le respondió besándola hasta que ella sintió que
se derretía y se aferró a él. Poco después, ella se dio
cuenta de que Leo se inclinaba hacia ellos para que lo
abrazaran y de que había ruido a su alrededor: el sonido de risas y más aplausos. Alessandro alzó la vista
y saludó a los invitados con la mano. Después se dirigieron al jardín.

–No podemos dejarlos así –protestó ella.

–Claro que podemos –le aseguró él–. Hoy es fiesta
para los niños de la localidad –le miró la tripa, todavía
lisa y sonrió de forma posesiva.

–Vamos a dejar que el nuestro disfrute de la fiesta
antes de escabullirnos para ir a pasar el fin de semana a
la casa de la montaña –sujetó bien a su hijo y tiró de

Carys para que saliera con él a disfrutar de la agradable tarde..

Ella lo hizo de buena gana ya que sabía que no había otro lugar en el mundo donde prefiriera estar.

Bianca™

El magnate griego quiere casarse...

Dos años atrás, Andreas Stillanos tuvo una aventura con la inocente Carrie Stevenson. A pesar de que jamás consumaron esa relación, él no consiguió olvidarla jamás...

Inesperadamente, Carrie se volvió a encontrar con Andreas, dado que era la madrina de la sobrina huérfana de él. La química entre ambos seguía siendo tan fuerte como cuando se conocieron, pero, en esa ocasión, Andreas estaba decidido a no consentir que Carrie regresara a Gran Bretaña. Estaba a punto de ofrecerle un puesto que ella no podría rechazar: el de esposa suya.

Pasiones mediterráneas

Kathryn Ross

Acepte 2 de nuestras mejores novelas de amor GRATIS

¡Y reciba un regalo sorpresa!

Oferta especial de tiempo limitado

Rellene el cupón y envíelo a
Harlequin Reader Service®
3010 Walden Ave.
P.O. Box 1867
Buffalo, N.Y. 14240-1867

¡Sí! Por favor, envíenme 2 novelas de amor de Harlequin (1 Bianca® y 1 Deseo®) gratis, más el regalo sorpresa. Luego remítanme 4 novelas nuevas todos los meses, las cuales recibiré mucho antes de que aparezcan en librerías, y factúrenme al bajo precio de $3,24 cada una, más $0,25 por envío e impuesto de ventas, si corresponde*. Este es el precio total, y es un ahorro de casi el 20% sobre el precio de portada. !Una oferta excelente! Entiendo que el hecho de aceptar estos libros y el regalo no me obliga en forma alguna a la compra de libros adicionales. Y también que puedo devolver cualquier envío y cancelar en cualquier momento. Aún si decido no comprar ningún otro libro de Harlequin, los 2 libros gratis y el regalo sorpresa son míos para siempre.

416 LBN DU7N

Nombre y apellido	(Por favor, letra de molde)
Dirección	Apartamento No.
Ciudad	Estado	Zona postal

Esta oferta se limita a un pedido por hogar y no está disponible para los subscriptores actuales de Deseo® y Bianca®.
*Los términos y precios quedan sujetos a cambios sin aviso previo.
Impuestos de ventas aplican en N.Y.

SPN-03   ©2003 Harlequin Enterprises Limited

Deseo™

Negocios… y amor

SARA ORWIG

Jeff Brand necesitaba casarse de inmediato. Y su nueva ayudante le serviría. Al fin y al cabo, la atracción entre Holly Lombard y él estaba empezando a resultar imposible de resistir. Además, a ambos les convenía un matrimonio sin ataduras.

Sin embargo, tan pronto como le puso el anillo en el dedo, Jeff se dio cuenta de que se había metido en un lío. Sabía montar un potro salvaje, dirigir un negocio multimillonario y conquistar a cualquier mujer que se propusiera, pero… ¿mantener sus sentimientos fuera de aquella unión? Con una esposa como Holly, Jeff se enfrentaba al desafío más difícil de su vida.

¿Boda a la fuerza?

Bianca™

¿A disposición del millonario?

Una tarde en las carreras, champán y mujeres. Aquél era otro evento más para Ethan Cartwright, hasta que la muy normal Daisy Donahue pasó ante sus ojos.

Daisy sabía mantener la cabeza baja y ser invisible entre las más famosas australianas vestidas de diseño. Pero el despiadado Ethan estaba intrigado y no pudo evitar acercarse a ella.

Daisy estaba destrozada por haber sido despedida por hablar con Ethan... ¡necesitaba su empleo! Ahí era donde Ethan volvió a aparecer. Tenía un nuevo trabajo para ella: ama de llaves de día, compañera de cama por la noche...

Una amante temporal

Emma Darcy